René Becher

Can I kick it?

Versuch über das Kneippen

Meinen lieben Eltern gewidmet!

Das Wasser ist nicht bös
Sebastian Kneipp (1821 bis 1897)

FSC
www.fsc.org
MIX
Papier aus ver-
antwortungsvollen
Quellen
Paper from
responsible sources
FSC® C105338

Auf dem Grund des Kneippbeckens in Scheidegg winkte mir der unbewaffnete Bounty Hunter Bossk. Er war kerzengerade hinabgetaucht und stand nun ebenso aufrecht, wenn auch durch das gebrochene Licht komisch verkürzt, auf dem gekachelten Boden. Die Spielfigur aus dem Star-Wars-Universum bewegte sich nur sanft im hydrostatischen Druck. Ich hatte dem Bossk vor dem Eintauchen beide Arme nach oben gedreht, es sah aus, als würde er um Hilfe schreien oder gleich wieder auftauchen wollen. Trotz Sonne war das Wasser kalt. Als Kind habe ich nie mehr als eine Runde geschafft, bevor meine Unterschenkel zu stechen begannen. Eigentlich stand ich damals, es dürfte um das Jahr 1984 gewesen sein, mit meiner kompletten Sporthose im Nass. Kneippwasserbecken haben in der Regel eine Tiefe von 60 Zentimetern, ich als Kind aber starrte wie in den Marianengraben. In meiner Erinnerung hat dieses Kneippbad keinen Handlauf aus Edelstahl, auch könnte ich jetzt nicht beschreiben, wie die Eintritts- und Austrittsstelle beschaffen war und welchen Stein die Allgäuer Kneippbadarchitekten verarbeitet haben. Ein Armbecken sowie ein Barfußpfad fehlten gänzlich oder sind für immer aus meinem Gedächtnis gelöscht. Lediglich der Kopfgeldjäger tanzt und winkt noch immer.

„Beim Barfußgehen werden die Füße der frischen Luft ausgesetzt und von ihr umspült", so zu erfahren in Dr. Albert Schalles *Die Kneippkur*, „die Füße, welche in ihrem Kerker fast stets blaß und blutleer aussehen, röten sich, der Kopf wird so entlastet, die lästigen Kongestionen verschwinden." Das Gehen im Wasser übertreffe diese Wirkung sogar noch. Das alles hatte ich damals Mitte der 8oer natürlich noch nicht gewusst. Ich schätze dieses dicke Handbuch von 1932, das der Arzt aus Bad Wörishofen seiner lieben Mutter gewidmet hat. Es enthält neben der Biographie und Lehre Sebastian Kneipps 32 Photographien, darunter die Abbildungen „Ganzwaschung selbst ausgeführt" und „Ganzwaschung vom Bademeister ausgeführt". Die Bilder der seriös, aber doch auch humorvoll in Szene gesetzten Strecke tragen Titel wie „Heublumensack um das Knie", „Spanischer Mantel", „Augenbad" oder „Grasgehen im Morgentau". Der „Blitzguß" erinnert an eine Szene aus einem Knastfilm. Moderne Kneippbücher hingegen erscheinen mir blutleerer. Ein Vorteil ist, dass sie nicht in altdeutscher Schrift abgefasst sind, wie das beim Schalle der Fall ist. Vielleicht aber schießen diese zeitgenössischen Familienratgeber über das Ziel hinaus, wenn sie die Kneippforschung übermotiviert um Themen wie „Sauna", „Massagen", „Zimmergymnastik" oder auch „Innere Balance", also „Lebenshilfe" erweitern. Da, wo der Schalle zu pathetisch und wurzelseppisch formuliert, da sprechen die Motivationstrainerinnen, Homöopathen oder Bestsellerautorinnen (die mit Bestsellerautoren liiert sind) allzu spirituell. Menschen mit strahlend weißen Zähnen schnuppern an Gänseblümchen, schlecken an Sandsteinen und tanzen über Sonnenblumenfelder. Ihr Movens heißt Wellness. Warum die Hintergründe des Kneippens überhaupt neu erzählen, wenn alles schon erzählt ist?

2014 ging ich mit meiner zweijährigen Nichte Finja auf dem Bayreuther Grünen Hügel spazieren. Zugegeben, ich verstand kein einziges Wort, das sie in ihrem Kinderwagen äußerte (und sie äußerte sich ausführlich), dennoch sagte ich immerzu Ja oder fragte sie, ob das, was sie da erzählt, der Wahrheit entspricht, worauf sie mit Ja antwortete und fortfuhr, mich zuzutexten. Es war zu schön. Wir passierten den Park neben dem Richard-Wagner-Festspielhaus. Ich wollte ihr die Kneippanlage an der Bürgerreuth zeigen. Freilich konnte ich sie dort nicht mit ins Wasser nehmen und taufen, also blieb sie von der Kinderwagenhaube verschattet liegen und sah mir dabei zu, wie ich mir die Schuhe und die Socken auszog. „Wa machdu", fragte sie. Ich sagte nur Ja, stieg ins Becken und stapfte genüsslich durch das Wasser. Finja stützte sich am Wannenrand des Kinderwagens ab und erhob ihren kleinen Körper, um besser beobachten zu können. Dabei lachte sie. So einfach. Ein paar Stunden später hat sie diese Begebenheit übersprudelnd vor Begeisterung ihren Eltern erzählt. Aber ich bin mir sicher, dass sie seither nie wieder ein Kneippbad besucht hat.

Die Kneippanlage an der Bürgerreuth in Bayreuth ist vielleicht die schönste Deutschlands. Auf alle Fälle ist das Areal, das um die Jahrhundertwende errichtet wurde, traditionell gut besucht, besonders dann, wenn die Festspiele stattfinden. Als Kind und Statist habe ich hier im Sommer Ende der 80er und zu Beginn der 90er Jahre einen Großteil meiner Ferien verbracht und womöglich Stars wie Quincy Jones oder Evelyn Hamann gar nicht erkannt. Einmal aber, ich schwöre es, ist vor mir der Schauspieler Günter Strack durch das Wasser gestapft. Während seines Parsifal-Engagements hatte Christoph Schlingensief nicht weit von hier sein Wohnmobil stehen. Vielleicht wäre er nicht so früh gestorben, wenn er öfter kneippen gewesen wäre. Den Dirigenten Christian Thielemann habe ich mehrere Male im nahe gelegenen Wald angetroffen, wo er mich ganz finster angesehen hat.

In Bayreuth an der Bürgerreuth beginnt also meine Kneippreise. Hier habe ich nicht zum ersten Mal meine Füße in das kalte Kneippwasser gesteckt, das müsste, wie oben beschrieben, im Allgäu gewesen sein. Aber an der Bürgerreuth habe ich vielleicht zum ersten Mal die Bedeutung des Kneippverfahrens verstanden. Damals waren Kneippbäder noch selbsterklärende Orte. Heute machen Verhaltensregeln darauf aufmerksam, was erlaubt ist, und was nicht – völlig unabhängig von den medizinischen Anwendungen. Einmal fanden wir Statisten eine Spritze im Mülleimer und erschraken, denn von Diabetes wussten wir nichts. Für uns Kinder war es normal, dass wir zunächst unsere Arme in das Armbecken tauchten, um dann sogleich in das Kneippbecken zu steigen (oder vice versa), wo wir ein paar rasche Runden um die Wette stapften, bevor wir uns erfrischt auf einer der Bänke niederließen und die nassen Beine und Arme trockenrieben. Den Barfußweg hatte es noch nicht gegeben. Das nebenan gelegene Freiluftbad, in dem wir uns hätten auslaufen können, war kostenpflichtig. Wir Kinder wollten uns nur kurz erfrischen, gesunden mussten wir erst später. Bücherschränke und Kneippanlagen sind die wohl sinnvollsten Erfindungen dieses Landes. Ich denke, dass ein jeder Ort eine Kneippanlage haben sollte. Für die nahe Zukunft wünsche ich mir neben autofreien Innenstädten ein flächendeckendes, stabiles Kneippnetz.

Kein einziges Mal habe ich es erlebt, dass Kneippanlagen, die ja meist offen zugänglich im öffentlichen Raum vorzufinden sind, ein Treffpunkt für feiernde Menschen gewesen wären. Vielleicht kommen sie nachts, und die Kippen und Bierflaschen werden immer wieder rechtzeitig fortgeschafft. Kneippanlagen sind wie Friedhöfe. Orte der Ruhe. An sich gibt es hier nichts zu sehen. Die Besucher lauschen lediglich dem Plätschern, Saugen und Rülpsen des klaren Wassers. Wenn man Glück hat, ist die Quelle schön in die Natur eingepflegt. Ich bevorzuge aus der Natur geschaffene Kneippbäder, sie dürfen gerne auch ein wenig verschlammt sein. Dass die Kneippsaison in der Regel nur von Mai bis September geht, prangere ich an. Gibt es etwas Schöneres als vom Herbstlaub bedeckte Kneippbecken? Ein gutes Beispiel ist die Anlage im Münchener Westpark. Das Becken ist sehr geräumig, ideal geeignet für eine „Völkerwanderung", wohingegen die Laufstrecke im klinisch gekachelten Becken in Bad Steben zu kurz geraten ist. Die erst im Jahr 2023 eingeweihte Sandsteinanlage in Stadtsteinach liegt völlig ungeschützt. Keine Bäume weit und breit, nur aufgeheizter Asphalt. Der Boden des Beckens ist aus einer Eisenplatte gefertigt, die Rutschgefahr ist hoch im viel zu warmen Wasser, das immerhin aus der Steinach fließt. Darüber hinaus funktionierte bei meinem letzten Besuch die Pumptechnik für das Armbad nicht – und das keine drei Wochen nach der Eröffnung.

Zurück auf den Grünen Hügel. Eine Stätte der Gegenwart und Achtsamkeit, an denen wie ein Meeresrauschen das Leben ausklingt. Ab 20 Uhr ist die Tür verschlossen. Die Bewegung im Kneippbecken um den schmiedeeisernen Handlauf gleicht einem Pilgermarsch. Ich war nie auf dem Berg Kailash, habe aber immer, wenn es sich ergab, meine Runden in Kneippbädern gedreht, die vielleicht auch eher den Kreisbewegungen eines Sträflings in einem Gefängnishof entsprachen. Der subjektive Kälteschmerz ist dabei immer entscheidend. Oder eben die Lage des Areals. Das Bayreuther Becken liegt von hohen Bäumen und Büschen verdunkelt. Das Wasser kommt aus dem Speicher im Wald, der Zulauf muss daher als künstlich bezeichnet werden, die Temperatur ist für bis zu fünf Runden erträglich. Das Armbad erinnert an ein Taufbecken. Dr. Schalle empfiehlt tägliche Armbäder respektive Armwickel mit Wasser und Essig bei Schreibkrämpfen. Im Volksmund wird diese Anwendung „Kneipp'scher Kaffee" genannt – fraglich, warum nicht an jeder Autobahnraststätte (oder neben jedem Pult) eine solche Quelle zu finden ist. Deutschland verzeichnet 764 öffentliche Kneippanlagen, Spitzenreiter sind Baden-Württemberg mit 369 und Bayern mit 156 Wassertretanlagen (24 alleine im Kneippkurort Bad Wörishofen), wohingegen Hamburg und Berlin gemeinsam lediglich auf drei kommen. Die Dunkelziffer dürfte beachtlich sein, so fehlt nämlich das Bayreuther Gelände auf Wikipedia gänzlich.

Ich lausche dem Rauschen in den Baumkronen, dem Plätschern des Brunnens und lasse mich vom Farn streicheln. Zu meiner Rechten gurgelt das Armbad. Ich beobachte die teils internationalen Gäste, wie sie mit ungewaschenen Füßen in das Becken steigen, ein paar rasche Runden drehen, um dann sogleich, ohne die empfohlene Stunde zwischen den Anwendungen abzuwarten, ihre Arme in das Wasser zu legen. Danach steigen sie in ihre Autos und reisen ab. Den Barfußpfad haben sie nicht entdeckt. Ein Hund, der draußen bleiben muss, kläfft jämmerlich. Auch er möchte erfrischt werden. „Wasch mir den Pelz, aber mach mich nicht nass." Zwei Besucher mit Sonnenbrillen, Eimermützen und Radlerhosen informieren sich an den Tafeln und lächeln voller Vorfreude. Sie trinken den Kneipp'schen Espresso, verzichten aber auf den Storchengang. Ein Mädchen folgt seiner Mutter, die sich immer wieder umdreht, um sicher zu gehen, dass ihre Tochter noch steht.

„Troppo fredda?" Aber das Mädchen weiß nicht so recht. Ich erinnere mich, wie wir Kinderstatisten die spielfreien Tage zum Kneippen nutzten. Auch vor den Proben und Aufführungen bin ich oft hier gewesen. In den Nächten nach dem letzten Vorhang war die Anlage leider stets verschlossen. Heute: Kein Kneippgang. Das Gatter, man mag es kaum glauben, ist mit einem Zackenbeschlag versehen, sodass ein Einsteigen zwar möglich, aber schmerzhaft wäre. Habe ich wirklich nie eine Party auf einem Kneippgelände erlebt? Einmal war ich mit ein paar Freunden in ein Freibad eingebrochen. Das Fenster des Kiosks war gekippt, doch einer war in der Lage, sich wie ein Schlangenmensch durch den Spalt zu wurschteln, um Süßigkeiten für die gesamte Mannschaft zu zwicken. Das Baden im Mondschein ungleich angenehmer als tagsüber.

Kneippbad an der Bürgerreuth

Die Zeit Sebastian Kneipps war eine Epoche des unerschütterlichen Glaubens an den Fortschritt, der eigentlich erst in den letzten Jahren allgemeine Erschütterungen und Zweifel erfahren hat. Gehen wir einmal davon aus, dass Sebastian Kneipp Entschleunigung predigte, anders als Karl Marx, der in seinem Kommunistischen Manifest die Folgen der industriellen Revolution verurteilte. Wissenschaftlicher, technischer und medizinischer Fortschritt prägen das 19. Jahrhundert, wobei das Kneippbad in dieser Inventur nicht einmal am Rande Erwähnung erfährt. Sebastian Kneipp könnte telefoniert haben, vielleicht hatte er zeitlebens mit einer Pistole geschossen oder auf dem Totenbett einen Film der Lumière-Brüder gesehen. Im Jahr seiner Geburt wurde die Mundharmonika alias „französische Harfe" erfunden. Das Feuerzeug kam noch vor dem ersten verlässlich funktionierenden Streichholz auf den Markt. Als Kneipp das Licht der Welt erblickte, waren die Napoleonischen Kriege bereits Geschichte. Allerdings fanden Kriege in den Jahren bis zu seinem Tod en masse statt, selbst die Schweiz mischte im sogenannten Sonderbundskrieg mit. Sebastian Kneipp war nie Soldat gewesen. Er starb an Krebs (ein Jahr vor Theodor Fontane), wurde 76 Jahre alt. Eine Operation lehnte er bis zuletzt ab. Die Erfindung des Aspirins hat er gerade noch so erlebt und vielleicht ebenso albern und überflüssig gehalten wie die Reise in einem Luftschiff. Die Weltbevölkerung vermehrt sich im Kneipp-Jahrhundert von fast einer Milliarde auf 1,6 Milliarden. Der Historiker Jürgen Osterhammel behauptet in seiner *Verwandlung der Welt*: „Vor dem 20. Jahrhundert kann kein einziges Jahr als epochal für die gesamte Menschheit betrachtet werden." Viele Entwicklungen steckten in den Kinderschuhen, vieles war noch im Werden begriffen: Mobilität, Kommunikation, und, vor dem Hintergrund des alles verändernden 20. Jahrhunderts, selbst Kriege. Frei nach Ernst Bloch: Das 19. Jahrhundert war schon, aber hatte sich noch nicht. Darum musste es erst werden. Aus damaliger Perspektive alles so provinziell-provisorisch: Beethovens Neunte, Sezessionskrieg, Kommunistisches Manifest, Märchenkönig Ludwig. Dennoch spricht der Wissenschaftler von einem „Befreiungsjahrhundert", dessen Bedeutung und Wirkzusammenhänge mit dem Fortgang der Geschichte freilich gewachsen sind. Heute erlangt alles sogleich, digital potenziert, „Weltklasse", ist skandalträchtig, großartig oder großartig scheiße, immer aber einschneidend, stets relevant, wenn auch nur vorübergehend. Jetztzeit – Eine Erregung. Wir sprechen uns in 100 Jahren wieder. Kneipp aber überdauert alle Zeiten. Seine Kuren sind sympathisch gealtert, bedürfen keines künstlichen Revivals, denn Kneippanlagen hat es seither ja immer gegeben. Die Kurmuschel könnte eines Tages verschwinden, das Wassertretbecken aber wird bleiben. Ungewiss jedoch, ob auch in Zukunft noch Wasser darin zu finden ist.

Kneippen in Zeiten der Pandemie: Luisenthal in Thüringen

Stillgelegte Kneippbecken haben eine ganz eigene Ästhetik, sie öden vor sich hin wie leergelaufene Swimmingpools nicht zu Ende gebauter Villen (ich stelle mir vor, wie Neddy Merrill in John Cheevers Short Story *The Swimmer* durch Kneippbäder watet). Kneipphochburg ist der deutschsprachige Raum, doch mittlerweile erfreut sich die Hydrotherapie auf der ganzen Welt größter Beliebtheit. Ich habe keine Erfahrung, wie das Waterkicking in den Vereinigten Staaten betrieben wird, aber unweigerlich stelle ich mir ein großflächiges, eintrittspflichtiges Zerstreuungscarré mit Musik, Barbecue sowie lustigen Menschen vor, die sich nicht scheuen, ihre Köpfe unterzutauchen und sich dann schütteln wie begossene Pudel.

Leider ist es nicht auszuschließen, dass Kneipp heute bei den Querdenkern mitlaufen und die Schulmedizin verteufeln würde. Eine Pandemie ist für den Kneipp'schen Charakter rein seelisch behandelbar, frei nach dem Motto: Das Immunsystem wächst an seinen Aufgaben. Ich selbst bin kein Idealist. Kein Credo, kein Zwang. Kneippen ja, Spiritualität nein. Je nach Besucheraufkommen kann es vorkommen, dass ich beim Spaziergang oder Wandern die Kneippanlage links liegen lasse, auf die Erquickung verzichte, und mir nur kurz einen Überblick über die Komposition des Anwesens verschaffe. Hätte ich einen Garten, ich würde mir neben einem Schwimmbecken auch ein Kneippbad schaufeln, in dem ich dann nach dem Daseinsende friedlich begraben sein möchte. Das Kneippbad als Haltestelle oder Endstation. Mit seiner Entschleunigungsphilosophie (aka Quality Time, Work-Life-Balance, Hygge), die ja jede Epoche feiert, hatte Kneipp schon recht. Er musste es wissen, schließlich hatte seine Entwicklung der Wasserkur Jahrzehnte gedauert: „30 Jahre lang habe ich sondiert" – selbst deutsche Koalitionsverhandlungen gehen zügiger über die Bühne – „und jede Anwendung an mir selbst probiert." Er kam von der Strenge zur Milde, von großer zu noch größerer Milde. Hauptsache nicht zu schroff. Im selben Jahrhundert entschleunigte auch Adalbert Stifter im *Nachsommer* seine Protagonisten. Zuvor dehnten unter anderem Meister Eckhart, Augustinus oder die Buddhisten den Zeitbegriff, plädierten auf Versenkung. Doch nicht jeder ist religiös oder hat stante pede eine Opiumpfeife zur Hand. Arthur Schopenhauers Quietive liegen da vermeintlich griffbereiter. Das „Nichtsein" und die Verneinung des Willens mittels Kunstgenuss, von der dieser Zeitgenosse Kneipps spricht, auch nicht jedermanns Sache. Eher schon eine Königsdisziplin, die es tagtäglich einzuüben gilt. Nur nicht zuviel darüber nachdenken. Fraglich, ob das überhaupt einem normalen Menschen gelingt. Niemand erfährt, an was oder wen der oder die andere vor oder hinter einem im Kneippbecken denkt. Denken sie überhaupt? Walking Dead an der Bürgerreuth? Ich erinnere mich an meinen Lehrer, der in der 5. Klasse durch die Bankreihen gestrichen ist und uns Schülern mitgeteilt hat, ob wir gerade über den Unterrichtsstoff nachdachten oder eben ganz und gar nicht, so als wüssten wir das nicht selbst. Die Menschen in den Kneippbädern aber sind selten Mentalisten. Und das ist auch gut so. Die Gedanken sind frei, anders als die Bewegungen in den Rondells, die glasklaren Vorschriften unterliegen. So gibt es im Grunde ein Tempolimit, es herrscht Überholverbot, vom Beckenrand springen ist selbstredend untersagt und Geistertreter werden unverzüglich zur Umkehr gezwungen oder bekommen einen Platzverweis. Natürliche Auslese in einem Kneippbad, ganz gleich, ob mit natürlichem oder mit künstlichem Zufluss. Im besten Falle tritt man alleine. Dann ist es auch nicht allzu peinlich, wenn einem das Denken ein schiefes Gesicht zaubert. *Wenn du denkst, du denkst, dann denkst du nur, du denkst...* ein Bad im Kneippwasser könnte helfen, alle böse Lebensgeister auszutreiben. Exorzismus for free. Aber Pustekuchen. Panta rhei. Mal mehr, mal weniger bewegt. Selbst in einem Kneippbecken.

Schritt für Schritt hat Sebastian Kneipp seine Heilslehre konzipiert. Dr. Schalle wendet sich in seinem Buch an „vorurteilsfreie, nicht gehässige Ärzte", die erkennen mögen, dass es sich bei der Hydrotherapie um etwas „wahrhaft Gutes, Wertvolles, Bodenständiges" handle. Schalle à la Denis Scheck: ein „Streiter für das Gute, Schöne, Wahre". Oder eben Sebastian Kneipp. Wasser ist zur Gesundung da. Ob frischer Tau im morgendlichen Gras, nasse Wadenwickel oder gleich Wasserschlauch-Facial: gerne regelmäßig, aber bitte in Maßen. Sonst Kälteschock, wenn nicht sogar Tod. Die Ästhetik der Hydrotherapie kann sehr hässlich sein. Es ist erwiesen, dass sich der kalte Gesichtsguss besonders für kopflastig arbeitende Menschen

Freikneippanlage im Oberen Püttlachtal in der Fränkischen Schweiz

eignet. Aber Achtung: Das Gießen nicht mit der Chinesischen Wasserfolter verwechseln! Das auf die Haut gegossene Wasser sollte sich stets einschleichen dürfen wie ein schöner Rausch. Erst leise anklingeln und anklopfen, bevor der Druck des Wassers die Geschlechtsteile oder die Herzgegend berührt. Ebenso sollten die unterschiedlichen Anwendungen nicht völlig anarchisch verabreicht werden. Ich habe schon Menschen auf dem Kneippgelände gesehen, die sämtliche Kuren hintereinander und wiederholt abfertigten, was mich an den Silvestersketch aus *Wia im richtigen Leben* erinnert, wo Gerhard Polt mit seinem Sohn um Mitternacht schnell noch das ganze Feuerwerk in die Atmosphäre haut und mit den Worten „Hätten wir das auch wieder geschafft" kommentiert.

Kein einziges Mal ist mir im Kneippwasser ein Raucherbein begegnet. Das hätte dort auch nichts zu suchen, ebenso wenig wie Patienten mit einem Blasenleiden. So zu lesen in einem dieser zeitgenössischen Ratgeber. Dass Kinder mit Konfirmandenblase oder inkontinente Ältere nach einem Kneipprundgang sofort auf Toilette müssen, geschenkt. Im künstlichen Zufluss stehend eher unangenehm. Aber auch das ist mir noch nicht untergekommen. Die Gäste verhalten sich meist zurückhaltend, beinahe schüchtern, als würden sie für sich gar keine besondere Behandlung beanspruchen. Aber genau wegen dieser sind sie doch hier. Die Gäste bewegen sich wie auf Samtpfoten, der Storchengang mit nach unten gerichteten Zehen vorschriftsgemäß, damit es beim Brechen der Wasseroberfläche nicht spritzt. Niemand entblödet sich, eine Arschbombe zu versuchen. So herrlich kontemplativ und unaufgeregt alles. Als hätte da jemand den Sargdeckel geschlossen. Unterhaltungen werden geführt, aber nur sehr leise. In Bibliotheken ist es lauter. Manchmal rollt draußen auf dem Kies ein Auto an, aber das tut in der Kneippbadabgeschiedenheit dann auch nicht mehr so weh.

Die in Bibliotheksbüchern von Lesenden markierte Lebenshilfe hat für mich kaum Relevanz. Aber es ist ganz interessant zu erfahren, was andere Leser so bewegt. Die Punkte „Menschen treffen, Gespräche führen" sowie „Mal ins Theater gehen oder singen" scheinen allgemeinverständliche Zerstreuungsmodule und keines Textmarkers würdig. Vorkehrungen, wie man 50 oder noch älter wird, ohne sich eine Kugel in den Kopf zu jagen (wie David Foster Wallace, trotz bester Vorsätze), dagegen schon. Auch wenn es so unverblümt freilich nicht formuliert ist. Aber hinter jeder Lebenshilfe schlummert immer ein Lebensüberdruss, sonst müsste ja niemand seine Hilfe anbieten. Was also tun? Außer Sport und gesunder Ernährung empfehlen Seelsorger Achtsamkeit sich selbst gegenüber – warum nicht der Einfachheit halber mit Hilfe des Glaubens an einen Gott? So eingefordert in einem dieser bunten Hausbücher. Im Schalle von Religion indes kaum eine Rede, nicht einmal pferdtrojanisch im Stichwortverzeichnis. Einzig Kneipps Wirken als Priester findet Erwähnung, erfährt aber keinen Tiefgang. Kneippen ohne Gott. Geht also. Das sollte den Autoren von Heute ernsthaft zu denken geben. Wohingegen ich völlig konform mit der Meinung gehe, dass ein jeder Mensch so duften sollte wie Hildegard von Bingens Kräuterapotheke.

Achtsamkeit, das bedeutet neben Äpfeln und Outdoor zum Beispiel auch, dass man den „Körper liebevoll bürstet", wobei hier kein Sexual (self-)healing gemeint ist, denn dieser Komplex des Geschlechtlichen bleibt tatsächlich in allen Büchern auf wundersame Weise ausgespart. Die Bonobos verschließen darüber nur die Augen. Sie sind die friedfertigsten und gesündesten Lebewesen der Welt – für die Autorinnen und Autoren diverser Lifestylebücher aber bestimmt nur wohlfeile Ferkel ohne sexuelle Tabus. Manch einer dieser Konservativen mag sich auch daran stören, dass unter diesen Zwergschimpansen die Frauen das Sagen haben. Mein Fazit: Es ist möglich, auch ohne reaktionäre Verklemmtheit kneippen zu gehen.

Das liebevolle Körperbürsten, auch Leibwaschung genannt, ist eine Anwendung, die wohl eher nicht auf einem Kneippgelände zu beobachten ist. Die Kneippianer benötigen hierfür eine befeuchtete Bürste oder einen Waschlappen – und gegebenenfalls einen Spiegel. Der Bauch wird im Uhrzeigersinn bei Verstopfung oder Einschlafschwierigkeiten gebürstet oder gestreichelt (Finja machte als Kleinkind ähnliche Gesten, wenn sie hungrig war). Am besten kurz vor dem Zubettgehen. Der Patient sollte vor dem Schlaf lange nichts mehr gegessen haben, das digitale Endgerät im Flugmodus liegt besser in einem Schrank verschlossen, mindestens 25 Meter von der Bettstatt entfernt. Bereits am nächsten Morgen sollte der Patient dann wieder beschwerdefrei kacken können. „Kinder, die nicht gestillt werden, sind vor allem der Gefahr von Darmkrankheiten ausgesetzt", so Dr. Schalle in seinem doch recht strengen „Wort an die Mütter". Es könnte alles so einfach sein, ist es aber nicht. Ich schweife ab. In diesem Versuch soll es ausschließlich um das Kneippen gehen. Wo aber das Wasser getreten wird, ist auch das Barfußgehen nicht ganz so abwegig. Das weiß freilich auch der Kurarzt: „Die Mütter seien nochmals ermahnt: Lasset eure Kinder fleißig barfuß gehen." Er spricht von „frühzeitiger Abhärtung" – die Väter sind hier als Erzieher mitgedacht. Schalle gerät ins Schwärmen, wenn er vom „Grasgehen im Morgentau" spricht: „Nur wer dieses wonnige Gefühl selbst empfunden hat, wenn er in der Morgenfrische eines Sommertages durch die saftig-grünen Wiesen schreitet, die im Glanz der Morgensonne von Milliarden von Tauperlen funkeln" usw. „Die Erde, die dir weich Sandalendienste tut" – so wiederum heißt es in Friedrich Rückerts Poem *Die Weisheit des Brahmanen* – ist heute für einige Motivationscoaches die Strecke aus Glasscherben oder die glühende Bahn aus Asche, über die die Probanden laufen sollen, um, naja, gestärkt in die Zukunft zu gehen. Ich selbst war nie ein leidenschaftlicher Barfußgänger. In einer meiner frühesten Kindheitserinnerungen spaziere ich über den frisch gemähten Rasen im ansonsten verschlampten Garten meines Elternhauses. Plötzlich schreie ich auf und eile in das Haus, weil sich eine Nacktschnecke, vor denen ich mich noch immer ernsthaft ekle, zwischen meinen Zehen verfangen hat. Seither war ich ganz unten nie wieder nackt und auch nicht mit Sandalen unterwegs, die ich hässlich finde. Im Übrigen habe ich keine Ahnung, warum Rückert von „Sandalendiensten" spricht, wo er das lyrische Du gleich im zweiten Vers dazu auffordert, den Fuß zu entkleiden, oder, um es bildreich wie Dr. Schalle zu sagen: aus dem Kerker zu befreien.

Wenn ich an das Kneippen denke, dann wohl eher an Lyrik als an Prosa. Ein Essay könnte ein Kompromiss sein, ganz gleich, ob faul oder erhellend, weitere Sachbücher hingegen sind für mich nur Tropfen, die das Kneipp-Fass zum Überlaufen bringen. Das Kneippen ist eine Kunst, die in der Kunst weitgehend verschwiegen wird. Kommen Wasserkuren auch in Thomas Manns *Zauberberg* zum Einsatz? Auf alle Fälle erzählt das Schneekapitel von einer unfreiwilligen Form des Schneewanderns, Hans Castorp verirrt sich aber nicht barfuß. Das Kneippen war um 1809, als Jean Pauls *Dr. Katzenbergers Badereise* erschien, leider noch gar nicht erfunden. In der Episode *Meister Eder ist krank* bekommt der Schreiner von der Haushälterin Frau Rettinger regelmäßig einen frischen Wadenwickel, wohingegen sich in der Folge *Pumuckl hat Schnupfen* der Kobold nach wiederholten Sprüngen in Regenpfützen erkältet und vom Eder ebenso mit winzigkleinen Wadenwickeln bedacht wird, wobei er beim Anlegen den tobenden Klabautermann ans Bettchen fesseln muss, was mich, es tut mir ja leid, an die vom Teufel besessene Regan MacNeil in *Der Exorzist* erinnert. In Goethes *Marienbader Elegie* wird nicht gekneippt. In Euripedes *Iphigenie auf Taurern* steht geschrieben: „Das Wasser heilt alle Gebrechen der Menschen." Der Ich-Erzähler in W. G. Sebalds letzter Geschichte im Band *Die Ausgewanderten* besucht das Gradierwerk im Kurpark von Bad Kissingen, bricht seinen Aufenthalt und seine Suche nach den Spuren des jüdischen Malers Max Aurach aufgrund der „Geistesverarmung und Erinnerungslosigkeit der Deutschen" aber kurzerhand ab. Das Solewasser ist wohltuend für die Atemwege, hilft jedoch kaum bei der Bewältigung der Vergangenheit. Welche Rolle spielte eigentlich Dr. Schalle im Nationalsozialismus? Er wird immer noch als Kurarzt in Bad Wörishofen tätig gewesen sein. Gegen das mit Hakenkreuzfahnen beflaggte Kurparkgelände, die schadenfreudigen Kurfrischler oder die mit Marschmusik bespielte Kurmuschel wird er wohl nichts unternommen haben. Sein Volksbuch erfreute sich bis weit in die Nachkriegszeit munterer Neuauflagen.

Sei still!

Solange du deine (nackten) Füße unter meinem Tisch –

Das ist die Strafe Gottes!

Teufel nochmal, ist sie nicht schön, die deutsche Sprache?

Der Kurgeist ist immer auch ein wenig kleinkrämerisch. Aber bei weitem nicht so unangenehm wie die Erscheinung stupider Gartenzwerge. Der Schrebergarten pendelt lässig zwischen deutschem Abgrund und Hochkultur – je nachdem, was der Kleingärtner aus seiner Parzelle macht. Das Kneippen besticht durch seinen solitären Charakter, hier versammeln sich keine Menschen, um sich zu bündeln oder etwas auszuhecken. Es finden weithin keine konspirativen Treffen statt. Der Marsch des Kurgastes kommt auf leisen Sohlen. Der Charakter des „Kneippiers" ist mönchisch. Er ist devot, verlangt nicht viel, fällt niemandem zur Last; leichtgläubig ist er, stets ein wenig treudoof, glaubt an die sofortige Gesundung. Und wenn alles nichts hilft, so hat es eben nicht sollen sein. Das Kneippbad würde er niemals zur Rechenschaft ziehen. Die meisten Kneippianer erfreuen sich einfach an der unverhofften Erquickung, die sich ihnen da auf einem Wanderpfad oder in der Nähe einer Autobahnausfahrt bietet. Es bleibt fraglich, ob sich mithilfe eines Kneippbades die bösen Lebensgeister vertreiben lassen. Vorübergehend bestimmt. Melancholikern könnte geholfen werden, Depressive verkümmern als hoffnungslose Fälle. Kneipp bedient sich bei der Säftelehre (Humoralpathologie) und kommt zu dem Schluss: „Alle Krankheiten haben ihren Reim im Blute." Kneipp wird seinen Robert Burton bestimmt gelesen haben. *Die Anatomie der Melancholie* von 1621 beschäftigt sich mit dem Wesen der Schwarzgalligen, die ja von den Cholerikern, Phlegmatikern und Sanguinikern so lange bedrängt werden, bis diese depressiv werden. Als Kind habe ich eine Zeitlang Johanniskrautdragees geschluckt. Bekanntlich macht Johanniskraut lichtempfindlich, so bewegte ich mich wie eine vergilbte Litfaßsäule. Das Experiment mit den Bachblütentropfen habe ich schnell wieder aufgegeben, Schüßlersalze schon gar nicht erst angerührt. Die beste Droge, wenn man so will, ist immer noch der Dreiklang aus Wiese, Wald, Musik. Dazwischen ein guter Text, ein Geistesblitz. Situationsbedingte Komik vs. Schadenfreude. Erstere kann nicht einfach so und auch nicht rezeptpflichtig verabreicht werden. Gerade auch das Weinen kann befreiend sein. „Komik ist Tragik in Spiegelschrift." Von wem? „Nach jeder pathetischen Anspannung gelüstet der Mensch ordentlich nach humoristischer Abspannung." Von Jean Paul goldrichtig erfasst. Das Humorvolle im Kneippen liegt im Detail. Der Storchengang der anderen ist immer auch ganz lustig mit anzusehen. Gleichfalls komisch: Die Löcher in den Socken, die vor dem Wassertreten in Birkenstocksandalen gestopft werden. Naja, oder eben Kinder, die sich erst mit Händen und Füßen dagegen wehren, ein paar Runden zu drehen, dann aber bereit sind, zum Tauchgang anzusetzen. Auch meine Nichte fand es vor vielen Jahren saukomisch, mir beim Kneippen zuzusehen. Alles, was neu ist, provoziert Heiterkeit – oder sorgt für schlimmes Entsetzen. Keine Frage: Das Kneippen gehört zu den fröhlichen Erfahrungen im Leben, womit ich aber nicht behaupten möchte, dass diese abendfüllend ist. Wir haben es hier mit einer weitgehend schmerzlosen Zerstreuung zu tun, die wohl nicht einmal Blaise Pascal sonderlich gestört hätte.

Ein Äquivalent zu Gene Kelly in *Singin' in the rain*, Rihanna im Video zu *Umbrella* und dem Pumuckl, der in Wasserlachen hüpft, ist der Junge aus der Sanostol-Werbung – ein trister Bruder von Alex DeLarge aus Kubricks *Clockwork Orange*. Ich erinnere mich, wie ich als Fünfjähriger in eine Pfütze gesprungen bin und ein Mädchen nassgespritzt habe, das mich daraufhin als Ekelpaket beschimpfte. Seitdem bin ich weder in Pfützen gesprungen noch habe ich unbekümmert im Regen getanzt. Weitere Begegnungen mit dem Wasser: Mein Seepferdchenabzeichen ließ auf sich warten – ich habe mich bei den Prüfungsaufgaben (darunter das Tauchen in 1 Meter Tiefe) immer wieder selbst beobachtet, war daher vorerst zum Scheitern verurteilt. Ich bin nie vom 10-Meter-Brett gesprungen und war nie wirklich geübt im Umgang mit Wasserbomben oder Super Soakers. Schuhe, in die Nässe eintritt, machen mich wütend. Gerauchte Zigaretten im Regen schmecken wie aufgewärmte Pommes. Gerunzelte Hände nach Schaumbädern machten mich als Kind glauben, ich sei bereits ein Greis. *Immer, wenn es regnet …* freue ich mich, zuhause geblieben zu sein. Ich sehe keinen Widerspruch darin, dass ich mir ein Leben auf See wünsche. Oder zumindest eines ganz nahe am Wasser gemeistert. „Diese gastfreundliche Stube mit dem kleinen Fenster, wodurch man weit übers Feld nach dem Holze sah, indes der Regen sich draußen stromweise ergoss, blieb eins der angenehmsten Bilder in Reisers Gedächtnis." Und so auch in meinem. Unter dem Kneippen verstehe ich eine kurzfristige Entkalkung des Alltags. Ebenso unterhaltend wie ein künstlich arrangiertes Wasserspiel, man denke nur an die Wettersimulationen im *Haus Vaterland* am Potsdamer Platz in den 1920er Jahren oder an das gewaltige, 2022 geplatzte Aquarium im *Sea Life* in Berlin, als 1 Million Liter Wasser verschwendet wurde, was rund 1500 Fischen das Leben kostete. Ich esse gerne Fisch, obwohl ich um die Problematik der Überfischung Bescheid weiß. In einem Kneippbecken bin ich noch nie einem Fisch begegnet, dafür aber Algen, Laub und Plastik – und nicht zuletzt meinem Bossk.

Ich laufe am Strand von Warnemünde. Meine bislang längste Kneippstrecke, auch wenn die Wellen nur gelegentlich bis an meine Oberschenkel klatschen. Just in diesem Augenblick kann ich mir keine sinnvollere Beschäftigung vorstellen.

Mecklenburg-Vorpommern hat zwei Kneippanlagen. Wozu überhaupt welche? Gebirgsland: Kneippland. Flachland: Weiher, See oder Meer. Und wie sieht es im Mittelgebirge entlang der Deutschen Märchenstraße aus? Wikipedia zählt 215 Kneippstätten, die jedoch auf Bremen, Niedersachsen, Hessen, Ostwestfalen und Thüringen verteilt sind. Das entspricht nicht einmal einem Drittel im deutschen Kneippbädergesamtwert. Also, ich laufe am Strand von Warnemünde, einmal rauf und einmal runter, erblinzele die Schiffe und Boote am Horizont. Hier ist es nicht verboten, oben und vielleicht auch unten ohne zu Gast zu sein, aber es gäbe sofort einen Platzverweis, würde man mit Sneakersocken bekleidet auf dem FKK-Abschnitt verweilen. Ich trage hochgekrempelt eine sandfarbene, vom Ostseewasser nassgepeitschte Leinenhose sowie ein weißes T-Shirt der Band *Trio*. Während ich so laufe, überlege ich mir, wie und wo ich meine mit Sand verkrusteten Füße wieder sauberkriege. Gedanken, die ich mir in einem Kneippbecken so bestimmt nicht mache, was freilich auch an der kürzeren Distanz liegt (der Kneippbund empfiehlt eine Länge von 3 Meter 60). Wenn ich Glück habe, denke ich beim Kneippen an gar nichts. So sollte es öfter sein. Ich denke nur daran, dass es meinen Waden bald schon zu kalt werden könnte. Wenn sich mein Körper meldet, steige ich aus dem Becken. Während ich mir die Beine mit flacher Hand abstreife, weiß ich schon nicht mehr, ob ich mich beim Wassertreten am Handlauf festgehalten habe oder nicht. Ohne Zweifel habe ich mich festgehalten, denn der Handlauf bestimmt – neben dem Kneippbesucher vor mir – die gemächliche Geschwindigkeit. Der chromblitzende Handlauf erinnert mich an das Geschicklichkeitsspiel mit dem Metallring, der ohne Kontakt durch ein unter Strom gesetztes

Spulenlabyrinth geführt werden muss. Kaum aus dem Tretbecken, schon wandern meine Gedanken. Ein sofortiges Abtauchen in das Armbecken, um diese Gedanken zu verscheuchen (oder auf andere Gedanken zu kommen), wäre, so verrät es der Kneippverein, kontraindiziert. Zumal die Gedanken, die man sich so macht, wenn man in ein Armbecken gebeugt ist, auch nichts Tröstliches haben. Die Anwendung des Armbades erinnert an das Bußetun in der Kirche. Die Körperhaltung ist ebenso abnormal: beim Knien auf der Kirchbank idiotisch verrenkt und devot, beim „Kneipp'schen Kaffee" peinlich gebückt, ähnlich wie Albrecht Dürers *Kaktusfreund*, und im Rücken starrt das Publikum und beömmelt sich über den blutigen Anfänger. Ich muss achtgeben, dass mein T-Shirt nicht nassgeschwappt wird. Der Überlauf funktioniert, also kann ich mich auf das Plätschern und Rülpsen konzentrieren. Ich zähle bis 30 oder 60, denn nicht viel länger sollte man mit seinen Oberarmen im Wasser verweilen. Nur Kinder zählen laut, damit die anderen Kinder sich in Ruhe verstecken können. Heute zähle ich allenfalls ganz leise. Wie fühlt es sich eigentlich an, wenn einem die Arme oder Hände absterben? Bleiben sie dann auf dem Grund einfach so liegen? Spritzt Blut oder ist das Blut gefroren? Gerne würde ich mich ganz rasch umdrehen und die anderen Kneippgäste, die mich die ganze Zeit über angestarrt haben, mit meinen fehlenden Gliedmaßen fürchterlich erschrecken. Jetzt aber husch raus hier, bevor ich auf noch blödere Gedanken komme.

„Wenn viele Herbste sich verdichten, in deinem Blut, in deinem Sinn." Blut und Kneipp, auch so eine Liaison. „Wenn es hochkommt, war das Leben eine Kongestion." Nicht einmal die gönnt einem der Kurarzt. Nirgends ein Erste-Hilfe-Kasten. Auch kein Defibrillator. Die Kneipp'sche Deutungshoheit verfängt. Wer trotzdem stirbt, ist länger tot – oder hat einfach nicht genug gekneippt. Das Credo aller Anwendungen: regelmäßig, aber in Maßen. Kneippen macht nicht süchtig, dafür sorgen schon die saisonalen Öffnungszeiten, und manchmal auch das Publikum. Kneippgüsse sind wie Kamillentee. Gesund, aber nach wenigen Schlucken unerträglich öde. Mehr geht nicht, bis hierhin und nicht weiter, als würde man von einem Greifarm gepackt und aus dem Wasser gehoben. Aufpassen, dass man beim Aussteigen nicht noch ausrutscht und zurückfällt! Den Storchengang immer bis zum Ende ausführen, selbst auf den Stufen noch, sofern denn welche vorhanden sind. Niemals zu hastig und wütend treten, auch wenn einem die Beine abzusterben drohen. Wenn möglich, nicht spritzen. Nicht überholen, auch wenn es juckt. Der Kneippbund empfiehlt eine Beckenbreite von 1 Meter 50, so können theoretisch und auch praktisch mehrere Personen nebeneinander laufen, was wiederum zu Unterhaltungen einlädt, die, wenn überhaupt, nur auf den bereitgestellten Bänken geführt werden sollten. Das Kneippen ist ein Solitärspiel. Die auf Kinderspielplätzen mittels Pictogrammen oder heiteren Zeichnungen ausgesprochenen Verbote fehlen auf dem Kneippgelände gänzlich – sie verstehen sich von selbst. Das Publikum hier ist verständig und borniert gleichermaßen. Besonders an der Bürgerreuth. Zur Festspielzeit schweben schwarze Fliegen und Abendkleider über das Areal. Smoking on the water. Die Opernbesucher waschen ihre müden Füße, ohne sie vorher abgespritzt zu haben. Obwohl doch ein kleines Schild am Beckenrand ganz höflich darum bittet. Plötzlich riecht es hier nach Tragödienschweiß, Patchouli, *4911*. Wenn ich die Augen schließe, ist es 1954. Nicht allzu lange, denn nun erklingt von irgendwoher eine App: Eine Blondine spielt doch tatsächlich ein paar Akte *Candy Crush*. Wohin man auch sieht: Anwendungen. Ein Pärchen teilt sich etwas ungelenk das Armbecken. Die beiden wissen, dass der Kaffee rund um das Festspielhaus 6,90 Euro kostet. Ein Mann mit Schnauzbart steht auf dem Barfußparcours und macht ein schmerzverzerrtes Gesicht. Eine Frau mit totem Fuchs um den Hals hat zwischen zwei Hecken den Wasserhahn für die rituelle Fußwaschung entdeckt. Sie blickt sich um, hebt die Hand, möchte etwas sagen. Dann lässt sie die Hand wieder sinken, wäscht sich rasch die Haxen, schweigt sich aus.

Die Krux: Das fachgemäße Kneippen setzt die Fähigkeit und Bereitschaft zur Kontemplation voraus. Deshalb sind Kneippanstalten selten überlaufen. Die Kontemplation ist auch meine stärkste Disziplin nicht. Wie ich so um den Tegernsee spaziere, schreit in mir ein seltsamer Wecker. Viel zu viele zufriedene Gesichter. Und ich mit meinem bösen Blick. Leichter Kopfschmerz, kaum was gegessen, kein Wort gesagt. Auch so ein Dreiklang. Wohin ich auch blicke: Gruppenbewegungen. Gesprächige Familien, lachende Junggesellinnen, Trachtenburschen mit Wegbieren. Überall Blutandrang. Rund um den Tegernsee finde ich keine einzige Kneippanlage. In Tegernsee selbst gibt es es ein Freibad und eben den Tegernsee. Ich tauche meine Füße in das unglaublich klare Wasser. Besser wird es nicht. Die Steine auf dem Grund glänzen wie die Steingesichter unter Wasser im Vorspann der Serie *Märchen der Welt*, die in den 80ern im Bayerischen Fernsehen ausgestrahlt wurde. Ich erinnere mich gut trotz der regelmäßigen Bild- und Tonausfälle des dritten Programms, aber mich ängstigten oder langweilten die über den Bildschirm zu trauriger Gitarrenlehrermusik wackelnden Handpuppen. Märchen, das weiß doch jedes Kind, sind perverse Reflexionen aus den beschädigten Leben er-

wachsener Menschen. Der Tegernsee rauscht nicht, er gluckst.
Dann erreichen mich doch ein paar Wellen, die das Rundfahrt-
schiff in gar nicht allzu weiter Ferne provoziert hat, und ich
trete aus dem Wasser. Der kurze Weg vom Ufer zu meinem
Rucksack im Schatten ist mit Sand, Steinen und kleinen Ästen
übersät. Mit flacher Hand streife ich mir die Beine trocken.

Der Bluthochdruck ist eine deutsche Volkskrankheit. Zu erleben in der Schlange an der Supermarktkasse, in den Zügen der Deutschen Bahn oder am Stammtisch deines Vertrauens. Under pressure. Ein Volk sieht Rot. Wie heißt es? Ruhig Blut! Deutsche Gemütlichkeit kippt nicht selten um in Fassungslosigkeit, besonders dann, wenn diese von einem unwillkommenen Außen gestört wird. Das deutsche Gemüt möchte nicht verstört werden. Nie sollst du es hinterfragen. Beim Wort Schwanengesang muss ich unweigerlich an Kneippbäder denken. Ein Thingkreis ohne verkopfte Diskussion. Die Frage, ob es in Botanischen Gärten und auf Kneippgeländen einen Bierausschank respektive Biergarten gebe, muss klar verneint werden. Und das Rauchen ist streng verboten. Ich erinnere mich nicht, jemals auf Kneipparealen geraucht zu haben, kann mir aber vorstellen, dass der eine oder andere Jugendliche bestimmt schon einmal so ein Kneippbad geraucht hat. Schön kühl. Mentholartig. Die etwas andere Explosion im Kopf. Kein dummer Gedanke. Zurück zum Blutstau. Kneipp wird sich seinen Teil dabei gedacht haben. „Herr X, Frau Y ist in voller Gesundheit plötzlich verschieden. In der Tat, ein durch seine prachtvollen roten Wangen überraschender Mensch ist in vielen Fällen durchaus nicht gesund. Von Kindern selbstverständlich abgesehen." So befindet Dr. Albert Schalle. Blasse Kinder gehören also an die frische Luft. Dieser Imperativ kommt mir recht bekannt vor. Rotbäckchen-Saft, ein Getränk mit Auswirkung. Und Salzstangen mit Cola helfen bekanntlich gegen Durchfall. Die auf den Gemälden der Nazis verewigten Bauernlümmel und Landpomeranzen waren im Grunde schon tot. Und Eva Braun, Apfelbäckchen-Reichsrepräsentantin Nummer 1, hätte sich so gesehen eigentlich nicht unbedingt das Leben nehmen müssen.

„Der für uns Blut geschwitzt hat." Wenn wir Dr. Schalle Glauben schenken, dann war Sebastian Kneipp einer der „besten Menschenfreunde und einer der größten Wohltäter der Menschheit. Hart gegen sich selbst, mild gegenüber anderen". „Buchstäblich in der ganzen Welt erregte die Nachricht vom Tode Kneipps größtes Aufsehen und regste Anteilnahme", so Schalle, der damit der Auffassung Osterhammels klar widerspricht, dass das 19. Jahrhundert gar nicht mal so epochal gewesen sei.

Entleertes Armbad und künstlerische Kneippbüste in Waldmünchen

Neben „üppigem Leben (Völlerei, Nikotinmissbrauch usw.) könnte auch eine „gewisse erbliche Veranlagung" für den Blutandrang verantwortlich sein, so Dr. Schalle. Und weiter: „Solchen Menschen schießt bei jeder kleinen Aufregung das Blut zum Kopfe." Ganz gleich, ob dieser Mensch raucht oder abstinent lebt. Wer wird denn gleich in die Luft gehen? Kalte Füße können bei Kongestionen besonders charakteristisch sein, sie sind dann, wie so mancher Mensch, blutleer. Kurzum: Alle Kneipp'schen Anwendungen verschaffen Abhilfe. Vom Aderlaß seit Jahren keine Rede mehr. „Die Wirkung", so Dr. Albert Schalle, „von nicht allzu langer Dauer." Die Blutentziehungen seien auch kaum vorteilhaft für den Körper. Seneca ist einst auf ähnliche Weise, wenn auch freiwillig, in einem Waschzuber daran zugrunde gegangen. Ich denke an das Rembrandt-Gemälde *Die Anatomie des Dr. Tulp*, auch wenn dieses Kunstwerk von 1632 keine Schröpfung zeigt. Und doch sehe ich (ikonographisch) einen Jungen oder eine Kammerzofe mit einem Kelch, der das Blut auffangen soll, auf dem Boden knien. „Gib mir deinen Saft." Erlöse dich von den „dickflüssigen humores", wie es in Robert Burtons *Anatomie der Melancholie* geschrieben steht. Aufschneider anderer Art – Narzissten nämlich – leiden ebenso unter Schwermut, auch wenn sie deren Herkunft nicht einmal begreifen. „Der Hypochonder stützt sein Kinn: Die innern Winde beuteln ihn." Die Blutegel-Szene aus *Stand by me* gehört zum kollektiven Bildrepertoire. Die Kinder aus Castle Rock, welche die Leiche Ray Browers suchen, müssen sich jedoch quälender Winde ganz anderer Art entledigen: sie laufen und tanzen auf den Bahnschienen durch Raum und Zeit, bemerken gar nicht, wie sie sehenden Auges der „Kindheit glückliche, unschuldige Spiele" (so der alte Gren in *Kalle Blomquist*) entfliehen. Eine schmerzhafte Erfahrung – schmerzhafter als so ein Blutegel an den Hoden. By the way: Die Novelle von Stephen King ist um Längen besser als ihre Verfilmung.

Dr. Schalle schließt sein Kapitel über die Kongestionen für meinen Geschmack etwas zu kategorisch imperativ mit den Worten: „Also: fac et spera! Hab Vertrauen und handle nach der Lehre Kneipps." Verwirrt zurück lässt mich vorerst der letzte Satz: „Du mußt und wirst gefunden". Dabei muss ich an Veronika Feldbusch denken, bis ich schnalle, dass es „gesunden" heißt (vom „tödlichen" statt „köstlichen" Grasgehen an anderer Stelle ganz zu schweigen) – Ermüdungs*fraktur* im Kleinhirn. Zeit für einen Kneipp'schen Kaffee. Oder eine andere Anwendung.

Nicht auf allen Kneippanlagen befinden sich Kneipp-Büsten. Aber alle feiern den Erfinder mit Informationstafeln, die über seine Kunst des Gießens (denn auch das Gießen will gelernt sein) und nicht zuletzt über seine Biographie aufklären. Einige Anlagen werden gewiss auch von Kurpfuschern betrieben. Kneipp selbst geriet seinerzeit in die Kritik, er wurde des Vergehens gegen das Kurierverbot beschuldigt. Am Ende stand aber ein Freispruch für den Wasserdoktor – der Rest ist Geschichte. Die Kneipp nachweislich nicht einmal selbst geschrieben hat. Er hat sie, wenn man so will, lediglich auserzählt. Ohne die beiden „Wasserhähne" des 18. Jahrhunderts, Siegfried und Johann Siegmund Hahn, wäre Kneipp nur Priester geblieben. Nachweislich hatte er als Philosophiestudent die Bücher dieser beiden Begründer der deutschen Wasserheilkunde in der Hofbibliothek München gelesen. Die Menschen haben sich also seit jeher in Gewässern erfrischt. In Badhäusern oder am Dorfbrunnen; im Spritznebel von Wassermühlen oder einfach nur nackig im Regen. Wo heute das Freibad steht, verlief früher vielleicht ein Bachlauf. Hierbei muss ich an den Monty-Python-Sketch mit Mr. Gumby denken, der alle Menschen besteuern möchte, die im Wasser stehen. Dabei steht er doch selbst im Wasser. Was haben die Römer – neben den Bewässerungsanlagen – sonst jemals für uns getan? Das Wasser ist wie ein Ball: Jeder Idiot weiß, was damit zu tun ist. Ebenso wie der Ball kann auch das Wasser getreten werden. Kneipp, gar nicht mal dumm, hat das Wasser in all seinen Darreichungsformen instrumentalisiert. So ist das ja immer: Es kann nur einen geben. Überhaupt verknüpfte Kneipp das, was vielen Deutschen seit jeher so wichtig erscheint: Reinheit und Gesundheit. Die Reinheit im Denken und im Glauben, die Gesundheit kommt dann von ganz alleine. Oder eben in Gestalt eines Wasserstrahls bzw. Wadenwickels. Clever kombiniert. Kneipp wusste über die Heilkraft ja Bescheid, hatte als junger Mann seine Tuberkulose in der eiskalten Donau „kuriert". Vielleicht hat sich Kneipp auch von altertümlichen Wasseruhren oder den klugen Elefanten inspirieren lassen, die sich ja mit dem Rüssel selbst duschen können. Darüber hinaus werden sie steinalt, diese Grauhäuter. Kneipp wird sich seinen Teil schon dabei gedacht haben. Auch die Segel der Ernährungswissenschaften bläst er an: 9 Teile Wasser, 1 Teil Konzentrat (Nimm etwas aus der Natur, bette es in eine Idee und mache ein Geschäft daraus). Die Kneipp-Medizin besteht aus fünf Säulen und ist am Reißbrett entstanden. Wer sich nicht daran hält, kann unmöglich gesunden. Kneipp hatte, ebenso wie sein Lehrer Vincenz Prießnitz, viele Neider. Besonders Ärzte opponierten gegen den Priesterarzt aus Wörishofen. Laien und Ungläubige lachten über den Quacksalber und Gesundtöter. Kneipp, wie so ein Luther des 19. Jahrhunderts: „Was keinen Kampf kostet, taugt nichts." Dass Kneipp katholischer Geistlicher war, dürfte den Ärzten wurscht gewesen sein. Die Wasserheilkunde nicht nur als Äquivalent zur Schulmedizin, sondern als wirksam propagierte Alternative, hingegen nicht. Haters gonna hate. Es ist gut, dass sich das Kneippen gegen alle Widerstände behauptet hat, unabhängig von der Ideologie, die dahinter steckt.

„Frisch, fromm, fröhlich, frei" – das Kneippen riecht immer noch ein wenig nach Turnvater Jahn oder erinnert ältere Leser an den Direktor und Oberstudienrat Dr. Gottlieb Taft aus den deutschen Paukerfilmen, die ja in den 60er Jahren schon nicht mehr zeitgemäß waren. Sebastian Kneipp mit seinem Priestercappy, dem Gewand und der röten Schärpe. Später von Papst Leo XIII. zum „Monsignore" ernannt. Unweigerlich stellt man sich vor, wie der Kurarzt elegant die Robe hebt und durch das Becken schreitet. Bei allen anderen Kneippbesuchern wird die Bekleidung feucht, beim Priester wie durch ein Wunder überhaupt nicht. Der Blick Kneipps auf sämtlichen Porträts zu allem entschlossen. Sehe ich etwa rote Bäckchen, ist Kneipp ein heißer Kandidat für Kongestionen? Gut genährt sieht er

Natürliches Kneippbecken in Waldmünchen

aus, nicht unbedingt gesund, aber kräftig und einigermaßen zufrieden. Hat er jemals daran gedacht, seine Erfindung zu monetarisieren? Nein, der „Wohltäter der Menschheit" spielte Robin Hood, er nahm von der Natur und gab es den Kranken. Im Hintergrund zog die katholische Kirche alle Fäden. Wer heute kneippt, ist jedoch Teil des Vereinslebens. Der Vorteil: Er oder sie muss nicht einmal Mitglied sein. Gefangen sind wir ja sowieso alle im Glauben an den Zauber der Selbstheilung mit natürlichen Mitteln, wovon Drogeriemarktartikel im Namen Kneipps (Badekristalle, Duschtonic, Pro-Immun-Kapseln, Adventskalender) klar ausgenommen sind. Aber Outdoor geht immer. Waldbaden zum Beispiel. Oder Nordic Walking. Es reicht nicht mehr, einfach nur spazieren zu gehen. Alles muss heute Wellness und vor allem nachhaltig sein. Was ich damit sagen will: Solange der Mensch noch soviel Phantasie aufbringt, wird es so schlimm um die Menschheit schon nicht bestellt sein.

Eine weitere Erquickungsmöglichkeit, ohne sich nass zu machen, stellt das Gradierwerk dar. Zu bewundern u.a. in Bad Staffelstein, Bad Kissingen, Duisburg, Essen oder Bad Salzuflen. Das früher so genannte Leckwerk leckt tatsächlich: Die Sole wird aus 15 Metern Höhe auf eine Wand aus dichten Reisigbündeln verrieselt und tröpfelt dann wie ein Vier-gewinnt-Chip nach unten. Auf dem Weg abwärts verdunstet das Wasser. Begleitminerale der Sole wie Gips, Kalk oder Eisenstein lagern sich im Astgitter ab, wodurch sich die Salzqualität erhöht. Wenn man sich mit dem Gesicht dieser Reisigwand nähert, wird man subtil mit Solewasser bestäubt. Ebenso wie in einem Kneippbecken gilt auch hier der Rundlauf. Die „Patienten" aber sind ausdauernder als ihre Kneippkollegen, absolvieren gut und gerne 30 Mal diesen Nebelspaziergang, die Wegstrecke misst auf beiden Wandseiten um die 100 Meter. So eine Einrichtung hätte ich gerne en miniature in meiner Wohnung. Wasserspiele mit Farbwechsel oder Zimmerbrunnen sind nur halbherzige Alternativen. Selbst Wasserorgeln würden mich nicht locken, wobei die Fontänen in der Bayreuther Eremitage, wenn auch selten von barocker Musik begleitet, eine Attraktion darstellen. Robert Burton rät in seiner *Melancholie* zu „süße(r) Musik" oder „eine(r) ständig tropfende(n) Schale mit Wasser neben dem Bett; nahe dem einschmeichelnden Ton eines sanft plätschernden Baches". Geräusche, die einem die Sinne benebeln. Und zur Bekräftigung der Bettschwere vorab vielleicht noch ein Bier mit Muskat.

Gradierwerk in Bad Staffelstein

Kalte Gesichts- und Augenmasken helfen mitunter gegen Migräne. Refresh yourself: Besser als Cola ist pures Wasser oder eines mit Minze aufgehübscht. Warum nicht statt Eis mal einen Fächer? Auch japanisches Heilpflanzenöl auf die Nasenflügel getupft erweist sich als nützlich. Ob irgendjemand beim Fish Spa erfrischt wird: eher fraglich. Thomas Bernhard hatte im Sommer einen Waschzuber gefüllt mit Wasser unter seinem Schreibtisch stehen. Ich sehe Kinder, die sich im Garten von Rasensprengern auspeitschen lassen. Lebhaft erinnere ich mich an den kühlen Theaternebel im Festspielhaus, aus dem Automaten zogen wir Statisten uns nach den Auftritten Pepsiflaschen und hielten sie uns an die erhitzten Wangen. Bis zu meinem 12. Lebensjahr litt ich unter Migräne. Zur Ablenkung des Schmerzes stand ich öfter unter der lauwarmen Dusche, niemand kam auf die Idee, mich durch ein Kneippbecken zu begleiten. Einmal fragte mich ein Arzt, ob ich es in Räumen lieber kalt oder warm hätte, und ich schrie: „Kalt!"

Malaria!
Kaltes klares Wasser

Über meine Hände
Über meine Arme
Über meine Schultern
Über meine Beine
Über mein Gesicht

Ich mache meine Augen zu

Wie sehr doch fühlte ich als Achtjähriger mit Familie Schumann in *Ich heirate eine Familie*, die auf dem Weg in den Strandurlaub in einem österreichischen Winterwunderland Zwischenstation macht und am Ende gar nicht mehr weiterreisen möchte. Die Berliner Kinder bewerfen sich mit Schneebällen, rodeln den Hang hinab, lernen Skifahren. An der Skihütte hängen tropfende Eiszapfen. Vielleicht habe ich damals das erste Mal das Wort „Einseifen" gehört: Auf dem Pausenhof sogleich ausprobiert. In der Schule hasste ich es, Tafeldienst zu machen: der verkrüppelte Schwamm, die Entenhauthände danach, die Kreide auf dem noch feuchten Grund. Wenn wir auf Toilette mussten, mussten wir die Faust heben wie die Black Panther oder die teils vermummte Trauergemeinde am Grab von Holger Meins. „Der Krampf geht weiter." Gewisse Kneippanwendungen beugen Krampfadern vor. Wie oben schon erwähnt: Hände mit Schreibkrampf gehören unverzüglich in ein Kneipp'sches Armbad. Ungeklärt bleibt, wie hilfreich die Hydrotherapie bei emotionalen Verkrampfungen ist.

Atemübungen sind so hilfreich wie das Luftanhalten und an drei glatzköpfige Männer denken, wenn man Schluckauf hat. Das Kneippbad beispielsweise ist lediglich ein Zerstreuungsmodul, vergleichbar mit einem Brettspielabend. Kann Kurzweil bieten, könnte aber auch untröstlich stimmen. Von daher: immer mit dem Verpuffungseffekt rechnen. Geringe Erwartungshaltung – kleine Enttäuschung. Kneippanhänger sind Kyniker. Weitgehend bedürfnislos und pflegeleicht, denn das Wasser fließt ja sowieso unaufhörlich. *Just be thankful for what you've got.* Gäbe es keine Kneippbecken, sie würden barfuß in Pfützen springen oder sich ein Eimerchen mit eiskaltem Wasser in den Flur stellen. Doch sie können sich glücklich schätzen: Gepriesen seien die Kneippländer und Bäderdreiecke. Bin ich glücklich? Zumindest erkläre ich mich bereit, immer etwas glücklicher zu sein als am Tag zuvor. Das muss genügen.

Man sollte ohnehin nicht alles auf die Glückswaage legen. Das Kneippen ist ein ganz gewöhnliches Schmiermittel, um den Alltag etwas erfrischender zu gestalten. Nicht mehr, aber eben auch nicht weniger. Der Aufenthalt auf so einem Kneippgelände dauert – die Pausen zwischen den Anwendungen dreist herausgeschnitten – ungefähr eine Zigarette. Was anstelle eines Kneippbades noch möglich wäre: ein Power Napping oder Quickie, eine Schnellbestellung im Internet, zwei Gedichte oder zwei Seiten eines Romans lesen. All das ganz vorzügliche Alternativen respektive Zusatzmodule, denn die Wasserheilkunde beansprucht für sich ja gar nicht mal soviel Platz. Sie macht sich nicht breit, gibt kaum Laut, kostet nix. Selbst regelmäßige und leidenschaftliche Besucher müssen keine Mitglieder im Kneippverein sein. Es genügt die Befolgung der überschaubaren Kneippgebote. Doch nicht alle Bäder sind derart katholisch kontaminiert wie die in den bayerischen Kurorten, wo man den Besuchern nicht nur all ihre Krankheiten ansieht, sondern auch ihren Hang zur Selbstgeißelung. Immerhin trinken diese Katholiken nicht nur Wasser, sondern können auch so ganz ordentlich saufen. In einem meiner zahlreichen unveröffentlichten Romane, das soll nicht unerwähnt bleiben, nimmt ein Kneippbecken eine zentrale Rolle ein. Aus einem Gewaltakt wird die spätere Läuterung des Hauptprotagonisten, den ich nicht ohne Grund Pascale Unrauh getauft habe. Ein Kneippcarré sollte eigentlich ein Eldorado und Genesungsort für alle Nervöslinge sein. Auch der ansonsten immer etwas unruhige Pascale relaxt an diesem ganz besonderen Schauplatz auf sonderbare Weise. Er ist so tiefenentspannt, dass er tatenlos beobachtet, wie sein Freund Laurin von einem anderen Jungen fast bis zur Bewusstlosigkeit unter Wasser gedrückt wird. Pascale steht einfach so am Beckenrand und schaut, wie auch ich vor vielen Jahrzehnten schaute, als mein Bossk auf dem Grund des Kneippbeckens tanzte und mir hilflos zuwinkte.

Ich sehe was, was du nicht siehst – schließlich gönnst du dir ja gerade ein Augenbad. An und für sich entlastet diese Anwendung Vielleser und Kopfarbeiter. Ich erinnere mich an das Geburtstagsspiel, bei dem ein in eine Wanne getauchter Apfel oder ein versenktes Gummibärchen mit dem Mund geborgen werden muss. Eine Mordsgaudi. Und nicht ganz so selbstentblößend wie Blinde Kuh, Schokoladeschneiden, Stuhltanz oder Wurstschnappen. Wem das Augenbad zu riskant ist, dem sei die gemeine Gesichts- oder Augendusche empfohlen. Mit oder ohne Partner. In einem der modernen Kursbücher ist von einem „Anti-Aging-Schönheitsguss" die Rede. Man nehme: ein Handtuch und eine Badewanne (oder ein Waschbecken). Mit einem Schlauch bespritzt man sich nun mehrmals die Stirn, dann von Stirn zum Kinn und wieder zurück, die Nase wird jeweils links und rechts bewässert. Zum Schluss Gesicht umkreisen und trocken tupfen. Beim Augenguss wird der Schlauch vorne etwas zusammengedrückt, der Strahl soll nur fächerartig austreten. Die Augen werden von der Schläfe ausgehend langsam umkreist. Naja. Der Schalle gibt sich da deutlich mehr Mühe. In seiner „Bibel" ist die Anwendung des Augenbades sogar bebildert: ein Mann in weißer Garderobe macht neben seiner Bettstatt in einer auf dem Nachttisch platzierten Waschschüssel den Vogelstrauß. Schalle schreibt: „Das Augenbad gehört zu den unscheinbarsten und wenig gekannten Anwendungen" des „Vater Kneipp", wenngleich die Behandlung etwas dümmlich aussieht. Das Eintauchen des Gesichts – nicht des ganzen Kopfes – sollte nicht länger als eine halbe Minute dauern. Die Augen sollten währenddessen abwechselnd geöffnet und geschlossen werden. Sympathisch und hilfreich dieser Hinweis: „Damen nehmen am besten eine Gummikappe auf den Kopf, um das Naßwerden der Haare zu verhindern." Welchen Sinn die im Abschnitt erwähnten „Augenbadgläser" haben sollen, bleibt schleierhaft. Alles in allem ein „kosmetisches Hilfsmittel, weil es zur Erhöhung der Schönheit und des Ausdrucks der Augen beiträgt". Schalle schließt mit Worten, die mich dann doch recht nachdenklich stimmen: „Je bedauernswerter der Anblick eines kranken, matten Auges, desto schöner ist der Anblick des gesunden, frischen Auges."

Kneipp'scher Kaffee in Mehlmeisel im Fichtelgebirge

Das wirkmächtigste Sedativum findet sich in der Natur. Wer keine Kneippanlage in der Nähe hat, der stapfe durch den nächsten Fluss. Aber auch Tropfsteinhöhlen und feuchte Mooskissen wirken manchmal Wunder. Heute baden die Menschen im Wald. Freilich anders als Siegfried, der im Blut des Drachen badete, fatalerweise aber ein Lindenblatt auf seiner Schulter nicht bemerkte. Dagegen sind in Wasser getauchte Blätter die besten Erfrischungstücher (früher haben wir Kinder uns nach dem Rauchen die Finger mit Reisig gewaschen). Manchmal komme ich an Gärten vorbei und genieße es, von einem Rasensprenger oder Wasserschlauch erwischt zu werden. In Autowaschstraßen würde ich das Fenster leicht geöffnet lassen. Vom feinen und beiläufigen Wassernebel der Gradierwerke habe ich ja bereits berichtet.

Viel zu spät ist mir der Begriff *Petrichor* begegnet. Das Fachwort kommt aus dem Griechischen und bezeichnet den Geruch der Erde nach einem Regen. Sofort fiel mir ein Synonym dazu ein: *Regenfeuchter Erdflakon*. Die besten Ideen liegen auf der Hand – oder in der Natur verborgen. Ohne Zweifel: Kneipp war ein aufmerksamer Beobachter. Ein Blick aus dem Fenster in ein Blätterrauschen (oder wie bei Karl Philipp Moritz' *Anton Reiser* in das vom stetigen Regen verhangene Holz) bleibt auf ewig die beste Sinnstiftung. Als Priester wird Kneipp die Kunst der Versenkung schon beherrscht haben, verstand diese aber sicherlich anders als sein Zeitgenosse Schopenhauer, der das „Jammertal" auf anderen Wegen zu überwinden empfahl. Kneipp nahm das Wasser und machte es zu seinem Geschäft. Er gab nicht vor, auf dem Wasser gehen zu können, sensibilisierte die Menschen aber, selbst durch das Wasser zu gehen. So einfach. Eine runde Sache (wie der an anderer Stelle beschriebene Ball: universell verständlich, kaum regelbedürftig), ähnlich einer sauber auserzählten Novelle mit einem schmerzhaften Wendepunkt etwa in der Mitte, danach fadet die Geschichte als eine Art Heilungsprozess langsam aus. Ob die Katharsis glückt oder nicht, ist niemals gesichert. Zugegeben, bei Pascale Unrauh flieht die Zeit, ohne dass der Protagonist den Läuterungsweg einschlägt. Wir müssen ihn uns als eher einfältigen Menschen vorstellen. Zunächst versucht er es mit der Opfer-Täter-Umkehr. Dann, viel zu spät, begreift er, dass er damit kein Mitleid erweckt. Jetzt erst realisiert er, dass Leben auch immer Mit-Leben bedeutet. Das Ende bleibt offen. Nimmt Pascale sein Leben an oder verwirft er es nicht besser? Ein Rundlauf durch ein Kneippbecken könnte ihm bei dieser Entscheidungsfindung behilflich sein.

Das Kneippen als Korrektiv. Jemanden nass spritzen hat ja schon immer Fez gemacht. Manchmal auch das Nassgespritztwerden. Es gibt Schlimmeres. Spätpubertäre Erfahrungen mit Wasser: Vor meinem eigenen Abitur wollte ich mit einer Schülerbande den Vorabend einer Abiturfeier an einem anderen Gymnasium mit Wasserbomben und Spritzgewehren stören. Wir stiegen durch ein geöffnetes Toilettenfenster und stürmten mit Strumpfmasken bekleidet in das Treppenhaus. Die Rote oder Weiße Rose, je nach Blickwinkel, war jedoch gut auf unseren Angriff vorbereitet. Aus dem Hinterhalt griffen uns die Abiturienten an, einer packte mich an meinem Rucksack, sodass die vorbereiteten Wasserbomben im Stiegenhaus zerplatzten. Wie ein Amokläufer rettete ich mich in einen Abstellraum, steckte mir den Lauf der Waffe in den Mund, beobachtete mich selbst dabei, musste lachen. Bei der eigenen Abiturfeier im Jahr darauf ist mir meine Super Soaker kaputtgegangen. In der Folge wurde ich also von Fünftklässlern nassgespritzt, ohne mich wehren zu können. Eene, meene, Menetekel. Die Anwendungen Kneipps sind windstiller, fast möchte man meinen: ein passiver Widerstand. Widerstand wogegen? Wenn nicht gegen den unerbittlichen Lauf der Zeit, so doch sicher gegen die Betriebsamkeit der Gesellschaft. Das klingt so verdammt larmoyant. Aber anders kann und möchte ich diesen Willen zur Entschleunigung nicht deuten. Wobei die Aufenthaltsdauer in so einem Becken naturgemäß begrenzt ist. Das gekühlte Nass wiederum drängt zur Eile, das oberste Gebot heißt: Kürze. Allenfalls fünf Runden im Rondell, die Verweildauer in den Arm- oder Augenbädern sei nicht länger als eine Minute. „Wer Dauer sucht, der stilisiere nicht auf Ewig, sondern auf á propos." Gottfried Benn geht immer. Später mehr. Zuvor noch ein paar weitere Gedanken über den Mönchscharakter des Kneipp'schen Weltbildes. Die Kneippanwendungen sind wie ein Gang durch die Institutionen. Wenn der Durchbruch, die Revolution, die Heilung nicht gelingt, war es dennoch nicht umsonst. Der Kurschüler blieb authentisch, hat hart an sich gearbeitet, vor allem aber ist er seinen Mitmenschen nie zur Last gefallen. Der Schüler hat sich stets bemüht. Er hätte vielleicht etwas aufmerksamer sein können und weniger vergesslich. Meistens aber war er konzentriert – so konzentriert eben, wie es seine Säfte zugelassen haben. Das Kneipperlebnis ist für Jung und Alt verständlich. Was auf den Brettspielkartons steht, könnte jederzeit auch das Motto aller Kneippveranstaltungen sein: Von 6 bis 99 – gerne auch jünger und älter. *Form follows function* – auf Kneipparealen geht diese Gleichung gewiss auf. Die Ästhetik der Hydrotherapie erfährt, da beißt die Maus keinen Faden ab, keinen signifikanten Alterungsprozess. Das Orchester aus Kneippbecken, Armbad und Barfußsektor auch in seiner Fassbarkeit ohne Gleichen. Zum Auftakt dieses Dreiklangs ein paar Aufwärmübungen. Ich stehe an der Bürgerreuth und habe Glück: keine Menschenseele. Ich mache ein paar Kniebeugen – die Liegestützen des unfitten Mannes. Ich jogge wie der Direktor und Oberstudienrat Dr. Gottlieb Taft, ohne mich von der Stelle zu bewegen. Als Grundschüler habe ich nicht nur ein einziges Mal meinen Turnbeutel zu Hause vergessen. Jetzt erinnere ich mich an den Geruch in den Umkleidekabinen (belegte Wurstbrote, nervös geschwitzte Textilien), der Turnhallen und Medizinbälle, meiner Mitschüler und teils angeheiterten Lehrer, und eben auch an meinen eigenen Kindermuff damals, der in seiner dussligen Ausprägung ja kaum in Worte zu fassen ist. Und wie ich mir das so vor Augen führe: kasernierte Leibesertüchtigung auf der einen, Umsonst & Draußen auf der anderen Seite, da sehe ich einen klaren Standortvorteil und überhaupt erst eine Plausibilität und Daseinsberechtigung, die nur für das Kneippen spricht und die einzig und allein auf körperliche Stählung ausgerichtete Reck- und Barrenshow einwandfrei in den Schatten stellt. Es schüttelt mich so herrlich, und es ist ein Schütteln wie beim Verzehr von wirklich sehr sauren Fruchtgummitieren, wenn ich wie jetzt in das saukalte Becken steige, und ich erinnere mich bei meinem Rundgang an Disziplinen oder Spiele wie „Zirkeltraining", „Felgunterschwünge", „Feuer, Wasser, Blitz und Sturm", „Völkerball" oder „Wer hat Angst vorm Schwarzen Mann?", und noch einmal schaudert und schüttelt es mich, wenn auch aus ganz anderen Beweggründen. Einzig und allein der Hallenfußball konnte mich damals locken. Differenzierter Sport am späteren Nachmittag, Schwimmstunden mit einer Nettoschwimmzeit von 25 Minuten und Bundesjugendspiele (trotz Freiluftcharakter) riefen bei mir nur Unverständnis hervor. Ich kannte Schüler, die sich vor dem Sportunterricht gegenseitig sogar die Nasen blutig schlugen, nur um bei dieser Trillerpfeifenromantik nicht mitwirken zu müssen. Ich riss absichtlich die „weibischsten" Hürden oder sabotierte den Rundlauf in der Halle, indem ich den Silly Walk von John Cleese aus *Monty Python's Flying Circus* imitierte, wohingegen mutigere Schüler in der Garage für Sportgerätschaften Zigaretten rauchten. Auch ein Wettbewerb, den ich nicht angenommen und folgerichtig verloren habe. Schulsport ist ein fauler Kompromiss, ein falsches Zugeständnis an jene Menschen, die Kraftmeierei mit Gesundheit gleichsetzen. Auch geistiger. Ein Buch oder wenigstens ein Kreuzworträtsel bleibt für alle Zeiten wirkmächtiger. Und was bitte ist mit der Willensstärke, der sogenannten Mentalität? Ja, eben. Sie wird mit Sicherheit nicht konkurrenzfähiger, wenn ich mir an einem Bock die Hoden blutig springe. Für heute reicht's.

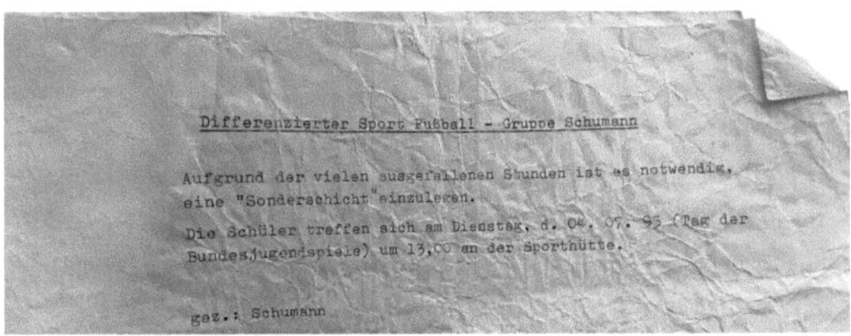

Differenzierter Sport Fußball – Gruppe Schumann

Aufgrund der vielen ausgefallenen Stunden ist es notwendig, eine "Sonderschicht" einzulegen.

Die Schüler treffen sich am Dienstag, d. 04. 07. 95 (Tag der Bundesjugendspiele) um 13,00 an der Sporthütte.

gez.: Schumann

„Schumanns Sonderschicht" (nicht zu verwechseln mit „Schumanns Winterreise", s. S. 42)

Kein Korrektiv ohne Kontemplation. Die Versenkung ist die Königsdisziplin unseres Daseins. Wir versenken Schiffe (oder den Bossk), werfen Geldmünzen in Brunnen, damit es uns Glück bringe, oder setzen einen Milky-Way-Riegel auf die Milch, nur um festzustellen, dass die Werbung nicht immer lügt. Selig sind die, die sich nicht selbst bei der Versenkung beobachten müssen. Ist der Dorn erst einmal aus dem Fuß gezogen, ist es schon zu spät. Ich schließe meine Augen und nehme mit: immer mich selbst. Bei mir geht es sogar schon so weit, dass ich im Stadtpark andere Menschen beim Yoga erblicke oder Einzelstreiter beim Meditieren unter einer Ulme. Unweigerlich denke ich: Mutig. Könnte ich so nicht. An sich ja nicht meine Baustelle. Für sich genommen sind meine Gedanken aber durchaus verständlich, ich denke sie gar nicht mal alleine. Den wenigsten Menschen dürfte es gelingen, sich ordentlich zu versenken, sich also selbst zu objektivieren, ohne sich dabei ins Fadenkreuz zu rücken. Man muss ja nicht gleich Moslem oder Buddhist werden oder so geschult sein wie Augustinus und Meister Eckhart. Die meisten von uns sitzen vor dem Schatten künstlicher Gegenstände; die meisten von uns stehen sich zeitlebens im Wege. Es ist schon recht niederschmetternd, wie kaputt und verloren wir Menschen doch sind.

Erneuter Versuch: Ich schließe meine Augen und …

… höre nichts als das Rauschen des Farns, der Blätter in den Baumkronen, meines Blutes. Der versteckte Brunnen plätschert, das Armbad kotzt. Die Flüsterstimmen der anderen Besucher erreichen mich nicht. Doch ich vernehme die Schmatzgeräusche nackter Füße auf dem warmen Asphalt. Bisher habe ich vor meinem inneren Auge nur das Schwarz gesehen und ein paar goldglänzende Fäden. Nun aber sehe ich tropfende Eiszapfen und Unterführungen, leckende Wasserhähne und Auspuffrohre – weinende Gesichter. Die dunklen Abdrücke, die die nassen Füße auf dem Stein hinterlassen, erinnern mich an Höhlenmalereien: High Five an den Felswänden, was auch nur beweisen soll, dass jemand mal hiergewesen ist. Wo war ich eigentlich überall gewesen? Spätestens diese Frage kegelt mich raus. Die Vergegenwärtigung kommt mir abhanden. Ich habe mich recht schnell selbst aus meiner Versenkung geborgen. Dabei hätte ich gerne eine Runde schlafen wollen, mich weiter von mir selbst entfernen, ganz nach dem Motto: Kann mich schon beim Schnarchen schauen. Stattdessen erinnere ich mich jetzt, hier auf dieser Bank in der Kneippanlage an der Bürgerreuth, an eine fast schon unerhörte Begebenheit. Vor Jahren habe ich auf dem Marktplatz beobachtet, wie ein Mädchen, das gerade mal so über den Rand eines Brunnens in das Wasser spitzen konnte, seinen Vater darauf aufmerksam machte, dass da Geld auf dem Grund des Brunnens liege. Der Vater aber zog seine Tochter weg. Sie gingen ein paar Schritte weiter, da hörte ich ihn fragen: „Wieviel ist es denn?"

Ich stehe auf, vertrete mir ein wenig die Füße. Keine Ahnung, warum mir ausgerechnet jetzt die Wendung „Eine Stange Wasser abschlagen/in die Ecke stellen" in den Sinn kommt. Mein rechter Fuß ist eingeschlafen. Von einem Verbot eingeschlafener Füße im Kneippbecken habe ich nichts gelesen, dafür aber von Raucherbeinen, die dort sicher nichts verloren hätten. Auch offene Wunden bitte erst ausheilen lassen, und nicht im Kneippwasser auswaschen. Hühneraugen, Blasen an den Fersen etc. aber sind okay. Geschundene, pochende Gliedmaßen sind doch überhaupt der erste Reflex, warum man in ein Kneippbecken steigt. Auch der Knabe mit dem Dorn im Fuß hätte es vielleicht erst einmal mit einer Bewegung durchs Wasser versuchen sollen, stattdessen fummelte er da an seinen Hufen herum und ward nie wieder der Alte. Die Fußwaschung ist eine rituelle, weiß Gott nicht nur religiöse Handlung, die auch für Gastfreundschaft stehen kann, sofern man sie nicht selbst an sich vornimmt. Und da man nicht auf dem Kopf geht (wie Oskar Panizza), sind die Füße jene Teile am Körper, die ein Mensch am meisten in Anspruch nimmt. Es sei denn, er liegt oder sitzt nur noch rum. Je öfter aber ein Mensch auf den Beinen ist, desto leichter wird es ihm fallen, sich selbst zu objektivieren. Insbesondere Autofahrer haben also verschissen. Radfahrer nicht minder. Meine Meinung.

„Lächeln Sie sich morgens nach dem Aufstehen im Spiegel zu und sagen Sie sich, wie großartig Sie sind.

Schenken Sie sich eine Blume und stellen Sie sie mitten auf den Tisch.

Machen Sie einen Termin mit sich – jeden Tag 30 Minuten, in denen Sie nur das tun, worauf Sie Lust haben ...“

Die Kneippbotschafterin und Schauspielerin Michaela Merten (geboren in Karlsbad) kennt sie genau, die „Tipps für ein paar sonnige Momente im Alltag“. Ich möchte jetzt nicht spotten, aber: Alle ausprobiert, keiner verfing. „Ich konnte den meisten kranken Menschen erst helfen, als ich Ordnung in ihre Seelen brachte.“ So der Arzt und Priester Sebastian Kneipp. Andere dürften sich nach der Behandlung durch einen Geistlichen eher schlechter fühlen. Ich berufe mich lieber auf Jean Paul. Er wusste schon 1796, dass der Mensch kaum glücklich sein könne, sehr wohl aber glücklicher. Hierfür gebe es drei Lösungswege: „Der erste, der in die Höhe geht, ist: so weit über das Gewölke des Lebens hinauszudringen, daß man die ganze äußere Welt mit ihren Wolfsgruben, Beinhäusern und Gewitterableitern von weitem unter seinen Füßen nur wie ein eingeschrumpftes Kindergärtchen liegen sieht. – Der zweite ist: gerade herabzufallen ins Gärtchen und da sich so einheimisch in eine Furche einzunisten (...) Der dritte endlich – den ich für den schwersten und klügsten halte – ist der: mit den beiden anderen zu wechseln.“ Aber im Kern dachte er freilich ähnlich, auch wenn er sich süffiger und weniger doktrinär ausdrückte als die Merten. Immerhin verständigen sich beide auf den Humor. Lachen, ja, aber worüber? Vielleicht reicht manchmal schon ein Lächeln. Hildegard Kreiter und Helene Roschatt plädieren in ihrem *Kursbuch Kneipp* für den Glauben an Gott, der Zufriedenheit und Glück erst ermögliche. Darüber hinaus sei es ratsam, andauernde psychische und physische Überforderungen zu vermeiden. Verkopfte Menschen, also Menschen, die auf dem Kopf gehen, wie es bei Oskar Panizza heißt, sind heillos und unrettbar verloren. Auch ihn habe ich bereits einmal literarisch durch ein Kneippbecken stiefeln lassen. Ganz nach dem Motto: Das Denken gehört glücklich abgeschafft. Leichter gesagt, als getan. Ich kann mir einfach nicht helfen. Fast schon bin ich geneigt, der Merten und den anderen beiden Kneipp-Rezipienten Sebastian Kneipps Imperativ „Haltet meine Lehre rein!" zuzurufen.

In Mertens Kneippbuch vergeht keine Seite ohne Merten. Wir sehen die Botschafterin beim Meditieren, am Smoothie-Mixer, in der Sauna, beim Kirschkernweitspucken, beim Liegen, Flanieren, Tanzen, kurzum: bei der Präsentation ihrer Schokoladenseiten. Fast schon nach Rock n' Roll sieht es aus, wenn sie in Bad Wörishofen das Kneippwasser tritt. Und in ihrem Rücken wacht ohne viel Verständnis ein überlebensgroßer Monsignore aus Bronze. Ob Michaela Merten eine Eule oder Lerche ist, also Nacht- oder Tagmensch, bleibt leider unbeantwortet. „Ganz gleich, zu welcher Gruppe Sie gehören: Sie können es nicht ändern." Die innere Uhr ist genetisch vorbestimmt. Think positive! Das sowieso. Ordnung ist das halbe Leben. Und drei Bier sind ein Essen. Apropos Essen: „Ein welker Brokkoli hat deutlich weniger Vitamine als ein frischer." Oder um es mit der britischen Industrialband *Coil* zu sagen: „Eat your greens, especially broccoli." Und das Dankesagen nicht vergessen. Auch für die Hausmannskost, die Kneipp so am Herzen lag. Womit er wohl eher keine Rouladen oder Schäufele gemeint hat, sondern „trockene, einfache, kräftige, nicht verkünstelte und durch scharfe Gewürze verdorbene Hausmannskost und das unverfälschte Getränk, das in jedem Quell der liebe Herrgott spendet". Water it is. „Trinke, so oft es dich dürstet, und trinke nie viel." Wenn es nach der Kneippbotschafterin geht, bitte kein Leitungswasser, sie misstraut dem Grenzwert und möchte keine Hormone, antibiotikaresistenten

Keime, Asbestfasern, Schwermetalle und nicht zuletzt Mikroplastikpartikel schlucken. „Nur weil das Wasser klar ist, heißt das noch lange nicht, dass nichts Unerwünschtes drin ist." Kaltes klares Wasser (aus der Leitung): Ich mache meine Augen zu – und nicht zuletzt den Mund. Unabhängig davon, wie sehr sich der deutsche Wasserversorgungsverband für die Qualität des heimischen Wassers auch feiern mag. „Ich sage ,Ja' zu deutschem Wasser", meinte Harald Schmidt, das allerdings in den 90ern. Der Experte empfiehlt: Zwei bis drei Liter Flüssigkeit am Tag. An Hundstagen sogar noch mehr. Schade, dass keine Lethe und Mnemosyne durch meine Heimatstadt verlaufen, aus denen ich, je nach Gusto, saufen könnte. Also: Immer eine Getränkeflasche in Reichweite wissen – vielleicht sogar von *Acqua Lete*. Alternativ empfehle ich eine Feldflasche am Gürtel. Auch wenn diese nach einer Weile inwendig zu riechen anfängt. Wohingegen man das Fell, mit dem die bauchige Flasche verkleidet ist, jederzeit abstreifen kann: Die Flasche wird gleichsam gehäutet, das Fell mit der Hand gewaschen. Besser aus einem müffelnden Behältnis saufen, als mehrere Liter Kaffee über den Tag verteilt: Dave Grohl von den *Foo Fighters* wäre beinahe einmal den Koffeintod gestorben. Kein Getränk stand oder lag neben der Leiche Kurt Cobains. Helmut Schmidts letztes Getränk bestimmt eine erfrischende Cola. Den Martini bitte immer geschüttelt, nie gerührt, wobei Kneipp (und so auch die Merten) von Alkohol oder gar dem Alkoholmissbrauch dringend abrät: „Saufe wöllet se alle, sterbe will keiner!" Eine Flüssigkeit ist eine Flüssigkeit ist eine Flüssigkeit – nicht so für Vater Kneipp. An der Bürgerreuth sind derlei Waschungen ohnehin verboten, auch wenn zeitgleich nebenan im Biergarten *Claus* munter ausgeschenkt wird, was nicht nur den Festspielhaus-Maschinisten gefällt. Erst das labende Nass, dann das kühle Blonde. Der Satz „Einen Klaren, bitte" kann auf dem Grünen Hügel so vieles bedeuten. Probieren Sie es doch einmal aus!

Ende August 2023 nahm ich an einer Radführung entlang des Chiemsees „von Kneippbad zu Kneippbad" teil. Die Kneippbecken-Tour begann in Prien und führte über Serpentinen auf baumbestandenen Nebenstraßen und gesund duftenden Forstwegen direkt durch verstockte Dorfschaften namens Fladenhofen oder Ober- und Unterodel nach Aschau und Bernau. Auf der etwa dreistündigen Tour passierten wir auf 30 Kilometern fünf Kneippanlagen, in die wir uns sofort stürzten, ohne uns allzu viele Gedanken über die anempfohlene einstündige Pause zwischen den Anwendungen zu machen. Der Touristenführer erzählte uns in lockerer Atmosphäre Wissenswertes über die fünf Säulen der Kneipp'schen Lehre, als da wären: Wasser, Innere Balance, Genuss, Bewegung und Kräuter – an jeder Station widmete er sich im Detail und mit der gebotenen Ruhe einer. Bei der letzten Rast mussten wir olfaktorisch bestimmte Heilkräuter erraten, darunter Johanniskraut, Anis, Borretsch, Breitbeiniger Schweißfuß, Liebstöckel oder Ysop. Gar nicht mal so einfach. In Erinnerung geblieben sind mir neben dem am Ende fürchterlich durchnässten Handtuch und dem Alpenpanorama der Chiemgauer Berge auch noch die Renterarmee, mit der ich unterwegs war, und die mich über drei Stunden und 30 Kilometer keines noch so verächtlichen Blickes würdigte, als wollte ich ihnen das ach so kostbare Heilwasser streitig machen oder beim Kräuterraten gewinnen, weil ich als Einziger überhaupt noch einigermaßen gescheit riechen kann … Sie sehen schon: Ich bin gar nicht dabeigewesen. Aber ich besitze eine Menge Phantasie und tauche ein in die Geschichten, wie der Bounty Hunter Bossk auf den Grund des Scheidegger Kneippbeckens unter Wasser getaucht ist, weil ich es so gewollt habe. Des Weiteren versuche ich noch immer, ein Buch über den Zauber des Kneippens zu schreiben, möglichst unfundiert, stattdessen mit einem Augenzwinkern, wie es ähnlich ja auch beim Augenbad vorgeschrieben ist. Wir müssen uns diesen Text hier als mehr oder weniger geistreiche Abhandlung vorstellen. Wer einen Versuch unternimmt, der darf gerne auch mal scheitern. Im Kursbuch heißt es zum Thema „Innerer Einklang": „Ausgleichende und sinnvolle Freizeitbeschäftigung finden / konstruktive Bewältigung von Konfliktsituationen." Das Kneippen als Konflikt, der Essay als konstruktive Bewältigung. Könnte klappen. Das Leben ist gnadenlos subjektiv. Das Kneippen meiner Ansicht nach auch – trotz umfangreicher Verhaltensfibel. Anders als im Straßenverkehr kann ja beim Kneippen bei Nichteinhaltung der Regeln kaum was passieren. Und so dumm wird hoffentlich niemand sein, den Kältetod zu riskieren. Wobei. Nicht wenige kerngesunde Männer und Fitnessclubmitglieder ertrinken in Badeseen, ohne vorher geahnt zu haben, dass dies überhaupt möglich sei. Wer hat Angst vor Wasser? Womit nicht die Scheu vor Wasser gemeint ist, und noch weniger die Hydrophobia, also Tollwut – „eine Form von Wahnsinn, allen Dörflern wohlbekannt, die vom Biß eines tollwütigen Hundes herrührt, oder davon, daß er einen kratzt (...) oder manchmal auch nur beschnüffelt (...) so genannt, weil die davon Betroffenen den Anblick von Wasser oder allgemein von Flüssigkeit nicht ertragen, da sie sich stets einbilden, darin einen tollen Hund zu sehen (...) lieber wollen sie sterben als trinken". So zu erfahren bei Robert Burton. Schon Burton war sich bewusst, dass übermäßige Beschäftigung und ihr Gegenspieler Trägheit gleichermaßen die Gesundheit beeinträchtigen können. Zumal wenn beide „Disziplinen" „voll unverdauter Brocken" ausgeübt werden. Ich erinnere mich an eine Lesung an der Universität Bayreuth im Auftrag des Bayerischen Rundfunks. Kurz vor dem Auftritt wurden wir Autoren noch zum Essen eingeladen, und ich hatte mich für ein Kotelett mit Zwiebeln und Bratkartoffeln entschieden. Es grenzte an ein Wunder, dass ich überhaupt einigermaßen vortragen konnte. Die Tränen standen mir schon in den Augen und ich bekam immer weniger Luft: „Krawehl, krawehl! Taubtrüber Ginst am Musenhain." Für die Spiele im und mit dem Wasser bedeutet das nun: Niemals mit vollem Magen in den Badesee oder in das Kneippbecken steigen.

Aber eben auch nicht hungrig. Den einzigen Tod im Zusammenhang mit Wasser, den ich mir vorstellen kann, ist nach einer Ebbe von der Flut überschwemmt zu werden. Ja! Wieviel Zeit, so überlege ich, bleibt mir auf dem Meeresboden noch, so zu winken und zu taumeln wie der Kopfgeldjäger Bossk? Was ist das für ein Tod? Und wann setzt er ein? Habe ich ganz tief unten noch den Willen, mich loszureißen und nach oben zu streben, an die Wasseroberfläche, um dann doch fortzutreiben, zu erfrieren und unterzugehen? Solche Gedanken denke ich besser nicht, wenn ich im Storchengang durch ein Kneippbecken stapfe. Denken schadet dem Heilungs- und vielleicht sogar Läuterungsprozess. The one and only Wasserdoktor hat darüber, soweit ich weiß, keine Angaben gemacht. Aber wenn ich das Wasser trete, dann heimlich, still und leise. Auf gar keinen Fall mit Gelächter (es lacht lediglich die Nichte über den Storchengang), vielleicht aber spannt sich ein Grinsen über mein Gesicht. Wenn ich das Wasser trete, versuche ich, an rein gar nichts zu denken, und manchmal gelingt mir das auch. Wenn mich jemand anspricht, so spiele ich, als hätte ich den Schlüssel zu meinem Mund längst weggeworfen. Irgendwo da an der Bürgerreuth glänzt er im Gebüsch. „Nie sollst du mich befragen.“ Überhaupt das Motto, das doch uns meisten Menschen auf die Stirn geschrieben steht. In der Schlange am Supermarkt und selbst in Bibliotheken aber wird es schwierig, sich auf das Schweigegelübde zu berufen. Das Kneippen indes bewahrt sich seinen Solitärcharakter. Oder versucht es zumindest. Doch der erste auf einem abgeschlossenen Kneippgelände angeschürte Grill wird bald schon seine Rauchzeichen senden, das zum launigen Thingkreis umfunktionierte Kneippareal, auf dem dann definitiv keine Kneipp'schen Lehren mehr verhandelt werden, ist in Wahrheit längst in die allgemeine Befindlichkeit unserer Gesellschaft eingepreist. Wir wissen es nur noch nicht.

Zu guter Letzt noch ein Versuch. Ein von mir auf *ChatGPT* in Auftrag gegebenes Gedicht in drei Strophen zum Thema Kneippen fällt allzu pathetisch aus – und hat vier Strophen. Das zweite Gedicht ist feucht-fröhlich und bedankt sich im letzten Abschnitt, man fasst es nicht, dem Kneippverein. Beide Gedichte sind in stinknormalen Paarreimen abgefasst und jonglieren mit Wörtern wie Lebensfreude, Prickeln und Ruh. Einzig der Begriff „Wohltatssaft" ist originell. Was „Leib und Kanz" bedeutet, habe ich leider nicht herausgefunden. Schon eher überzeugt hat mich die KI-Lyrik zum Thema im Stile Gottfried Benns und Rolf Dieter Brinkmanns:

Verzeiht, ihr Kneippenfreunde,
Mir fehlt die Liebe zu den eis'gen Bädern,
Ich wähle Wärme, ruh' im flausch'gen Schrein,
Mir lieber wäre, blieb ich daheim

Der Brinkmann-Soundalike-Auswurf aber übertrifft den künstlichen Benn-Exegeten noch, auch wenn er pfeilgerade das Thema verfehlt:

Im (sic!) Kneipen sitz ich, rauche leise,
Betracht die Szenerie, im Nebel sie verschwimmt,
Die Theke glänzt, ein Sammelsurium alter Flaschen
Glitzernd & voller Reize

Ein Schnapsglas klirrt, ein lautes Lachen
Die Jukebox spielt, vertraute Melodien
Vergangene Zeiten, verschütt' die Tränen
Die Uhr tickt fort, die Nacht will nicht erwachen

Ein Stammtisch scharrt, erzählt Geschichten
Vom Leben, wie es war und wie's verging
Die Worte fließen, wie der Wein im Glas,
Und draußen ziehen Schatten, ohne Gesichter

Die Kneipe atmet, lebt und flüstert
Ein Raum für Sehnsucht Leid und auch für Lust
Hier findet jeder eine kleine Ruh,
In dieser Welt aus Rauch und Whiskydunst

Der beliebte Kalauer „Ich geh kneippen" – „Gibste einen aus?"
geht hier auf wundersame Weise ins Netz. „Rauche leise" ist
durchaus gelungen, und „Die Nacht will nicht erwachen" be-
zauberndes Kino. Alles in allem aber ein wenig zu cheesy für
Brinkmann. Die KI beweist Humor, und Robert Gernhardt
dreht sich im Grabe. Schön auch, dass in beiden Gedichte die Begriffe „Wellness" und „Nachhaltigkeit" unerwähnt
bleiben. Gottfried Benn aber kann auch ohne Begriffsrecyc-
ling bashen. Keinen Schimmer, was der Arzt vom Kneippen
hielt. Von Syphilis und anderen Geschlechtskrankheiten im
Kontext Kneipps eher keine Rede. Unsicher ist auch, ob Benn
seine Füße jemals in ein Kneippbecken getunkt hat. Meine
Nichte Finja bis heute nicht. Wo der Dichter im Gedicht die
Wärme wählt, da habe ich es lieber kalt. Für Benn war bereits
der Wechsel aus dem Zimmer in den Garten einschneidend.
Im Berliner Nikolassee wird er wie die *Menschen am Sonntag*
bestimmt nicht baden gewesen sein, und noch weniger Tret-
boot gefahren, auch wenn er im *Roman des Phänotyp* schrieb:
„Wasser werden –, sich verändern, Veränderungen und Tiefe
unter Wellen –." Machen wir uns nichts vor, der Dichter ver-
weilt lieber zuhause, er weiß es doch selbst nicht und muss
nun gehen.

Auch ich muss nun gehen. Mein Essay steigt gleich aus dem Wasser. Er ist nur halb so lang geworden wie Mertens Kurbuch, wenn auch mit mehr Text. Mit dem Dr. Schalle und seinen über 500 Seiten kann und möchte ich gar nicht konkurrieren, und auf die Schwarzweißfotografien von Franz Pimpfinger bin ich echt neidisch. Es ist mir egal, ob mein Essay Spuren hinterlässt. Vielleicht vergrabe ich ihn in einem Gebüsch an der Bürgerreuth wie einen Schatz am Silbersee. Auch der Meister Eder und sein Pumuckl haben einmal während eines Bauernhofurlaubs einen Schatz versteckt, in einem kleinen Segelschiff, das der „Ederer" zwar nicht geschreinert, dafür aber gekauft hat. Es tut rein gar nichts zur Sache. Aber ich meine mich zu erinnern, wie einer der Bauernhofzwillinge, er dürfte Wiggerl geheißen haben, seine Socken abstreift und in den See steigt, um das vom Schreinermeister aus einem Astversteck mit einer Schnur bewegte Schiffchen zu erreichen.

„Es war eine wunderschöne laue Nacht. Der See glitzerte so geheimnisvoll im Mondlicht, als wüsste er um den Schabernack und wollte mitspielen."

Wiggerl kneippt, freilich ohne es zu wissen. „Herrschaftszeiten ist des Wosser koit." Unschuldiger nie, auch wenn der Bub ja nur geil auf den „Schatz der Weisheit" gewesen ist. Aber es gab eben gar keinen Schatz, sondern nur ein paar Steine sowie eine Nachricht vom Geist des Wassers:

„Gegen Neugier ist gesund / kaltes Wasser, Mondschein und / kalter Leim, auf den ein jeder / geht mit einem Gruß vom Eder"

Ganz ohne Zweifel sollten alle Menschen hin und wieder in ein Kneippbecken steigen und munter drauflos treten, aus welchem Beweggrund auch immer. Sei es aus Übermut,

Blödheit oder zur Beruhigung und Abkühlung der überspannten Nerven. Woran wir und vor allem an wen wir dabei denken, bleibt uns überlassen. Der Brand in uns muss gelöscht werden, damit nicht noch Schlimmeres passiert. Sonst wüsste ich eigentlich keinen Zweck.

Westpark München. Meister Eder und sein Pumuckl waren wohl nie kneippen, kennen sich beide aber mit Wadenwickel aus

GLOSSAR

A Aufhäufung oder lokaler Blutandrang (Kongestion). Hierzu Gottfried Benn: „Steigern Sie Ihre Augenblicke (…) unser Leben währet 24 Stunden, und wenn es hochkommt, war es eine Kongestion"

B Bounty Hunter Bossk: Als Kind habe ich den Kopfgeldjäger aus den Star-Wars-Filmen in ein Kneippbecken in Scheidegg getaucht und nicht wieder herausgeholt. Vielleicht steht die Spielfigur dort ja noch immer und winkt mit ihren grünen Händen

C Die Auswürfe der Künstlichen Intelligenz *ChatGPT* sind nur bedingt brauchbar. Immerhin gibt sie sich Mühe, so wie Gottfried Benn oder Rolf Dieter Brinkmann zu dichten

D Die regulären Dienstzeiten zwar öffentlicher, aber abschließbarer Kneippanlagen gehen von Mai bis September

E Heraklit schrieb: „Man kann nicht zweimal in denselben Fluss steigen". Was auch auf Kneippbecken zutrifft, wobei es darauf ankommt, ob der Zufluss künstlicher oder natürlicher Art ist

F Meine Nichte Finja war 2015 in einem Kneippbad, seither nie wieder

G Gradierwerke sind perfekte Alternativen zu Kneippanlagen, wenn auch deutlich rarer gesät als jene. Der Spaziergang durch den Wassernebel ist dennoch eine andere Art der Erfrischung. W. G. Sebald in *Die Ausgewanderten* (S. Fischer Verlag): „Voller Verwunderung sowohl über die Ausmaße der Anlage als auch über die Verwandlung, die das unablässig fortfließende Wasser durch die allmähliche Mineralisierung der Zweige an diesen vollführt, ging ich lange Zeit auf der Galerie hin und wider und atmete die beim geringsten Windhauch von Myriaden von winzigen Tropfen durchwehte Salzluft. Zuletzt nahm ich auf einer Bank in einem der seitwärts an der Galerie angebrachten altanartigen Vorbauten Platz und überließ mich dort den ganzen Nachmittag hindurch dem Anblick und dem Geräusch des Wasserschauspiels sowie dem Nachdenken über die langwierigen und (...) unergründlichen Vorgänge, die beim Höhergradieren der Salzlösung die seltsamsten Versteinerungs- und Kristallisationsformen hervorbringen (...)"

H „Alle Krankheiten haben ihren Reim im Blute." Nicht unwesentlich auch im Zusammenhang mit dem Kurpriester ist die Humoralpathologie oder Säftelehre. Faustregel: Die Schwarzgalligen werden von den Cholerikern, Phlegmatikern und Sanguinikern so lange bedrängt, bis diese depressiv werden

I Ich habe noch nie auf Kneipparealen illegale Partys gefeiert, auch habe ich dort niemals eine Zigarette geraucht. Ich habe mich immer an alle Regeln zu halten versucht. Als Kinderstatist der Bayreuther Festspiele habe ich auf der Kneippanlage Bürgerreuth eine Insulinspritze im Gebüsch funkeln sehen

J Die Jetztzeit ist eine einzige Erregung. Ein Sprung ins Nass könnte für Abkühlung sorgen. Manchmal genügt es schon, seine Beine baumeln zu lassen oder sie ins Wasser zu halten

K Kneippanlage Bürgerreuth: der vielleicht schönste Kneippschauplatz sowie ein zentraler Ort meines unveröffentlichten Romans *Flipperwald*

L Belaubte Kneippbäder ohne Wasser sind, mit Verlaub, fast schöner als gefüllte und gut besuchte Kneippbäder im Sommer

M Auch die Band *Malaria!* widmete sich (womöglich) dem Thema Kneippen in ihrem Song *Kaltes klares Wasser*

N Besser als Wellness und Nachhaltigkeit erscheint mir im Zusammenhang mit dem Kneippsport der Begriff „Naherholung"

O Ohnmacht, Schwindel, Gefühle

P Der Pumuckl und sein Meister Eder haben beide schon Erfahrungen mit Wadenwickel gemacht. In meiner Erzählung *Paniza* ziert sich Oskar Panizza, in ein Kneippbecken zu steigen

Q Als Quacksalber beschimpften Sebastian Kneipp zeitlebens viele Ärzte und Ungläubige

R Raucherbeine haben in kalten Kneippgewässern nichts zu suchen

S Bei einem Schreibkrampf schafft der „Kneipp'sche Kaffee" (das Armbad) Abhilfe oder wahlweise auch der Storchengang, allesamt Bestandteil der 5 Säulen: Innere Balance, Genuss, Kräuter, Bewegung, Wasser

T Der Schriftsteller Thomas Bernhard schuf sich sein eigenes kleines Kneippreich: er hatte in den Sommermonaten unter seinem Schreibtisch eine Wanne mit Wasser stehen

U Gegen innere Unruhe könnte ein Rundgang durch ein Kneippbecken Wunder wirken

V In Deutschland gilt: keine Zerstreuung, keine Anwendung ohne Vereinsgrundlage. Der Kneipp-Bund (seit 1897) mit Sitz in Bad Wörishofen ist der Dachverband von rund 600 Kneipp-Vereinen, die insgesamt 160.000 Mitglieder versammeln

W Dr. Albert Schalle lobt in seinem Buch *Kneippkur* Sebastian Kneipp als „Wohltäter der Menschheit", der ohne die beiden „Wasserhähne" Siegmund und Johann, seinerzeit schlesische Pioniere der Hydrotherapie, aber auch nur ein Priester geblieben wäre

X Ein virtuoses Spiel auf einem Xylophon harmoniert bestens mit dem Glucksen und Rülpsen des Kneippwassers

Y Gimmicks aus dem Yps-Heft, die mit Wasser zu tun haben: Schwimmbrille von Mark Spitz, wasserdichte Thermometer-Uhr, Wasserpistole mit Zielspiegel, Klingel mit kalter Dusche, verhexter Wasserkrug aus Indien sowie verhexter Wasserhahn, historische Wasseruhr, Willys bunte Wasserbomben, kleiner grüner Wasserschreck, Trinkwasser-Destillator, Superschlauch, Ulk-Zigarette mit dem Wasserstrahl, Flummi – die wabbelnde Wasserwurst, wasserdichte Survival-Box und natürlich die Urzeitkrebse

Z Egal, ob innen oder außen: Im Leben dreht sich am Ende alles nur um Zerstreuungsmodule

Zitiert wurde u.a. aus folgenden Büchern:

Dr. Albert Schalle: *Die Kneippkur*, Knorr & Hirth GmbH 1932

Michaela Merten: *Mein Kneippbuch*, Südwest Verlag 2010

Hildegard Kreiter und Helene Roschatt: *Kursbuch Kneipp*,
Kneipp-Verlag Wien

W. G. Sebald: *Die Ausgewanderten*, S. Fischer Verlag

Bibliografische Information der Deutschen Nationalbibliothek: Die Deutsche Nationalbibliothek verzeichnet diese Publikation in der Deutschen Nationalbibliografie; detaillierte bibliografische Daten sind im Internet über dnb.dnb.de abrufbar.

1. Auflage November 2023

Gestaltung: fresh!Advertising | www.fresh-bayreuth.de
Fotos: René Becher, Leah Martin-Gordon
Herstellung und Verlag: BoD – Books on Demand, Norderstedt

ISBN 978-3-758320-05-7

René Becher, geboren 1977 in Bayreuth. Studium Germanistik und Buchwissenschaften in Mainz und Düsseldorf. Studium am Deutschen Literaturinstitut Leipzig.